जयप्रकाश
तुम लौट आओ

AF650052

जयप्रकाश
तुम लौट आओ

ममता मेहरोत्रा

प्रभात
पेपरबैक्स
www.prabhatbooks.com

प्रकाशक

प्रभात पेपरबैक्स

4/19 आसफ अली रोड, नई दिल्ली-110002

फोन : 23289777 • हेल्पलाइन नं. : 7827007777

इ-मेल : prabhatbooks@gmail.com ❖ वेब ठिकाना : www.prabhatbooks.com

संस्करण

प्रथम, 2019

सर्वाधिकार

सुरक्षित

मूल्य

दो सौ रुपए

अ.मा.पु.स. 978-93-5322-140-9

मुद्रक

आर-टेक ऑफसेट प्रिंटर्स, दिल्ली

———— ★ ————

JAIPRAKASH, TUM LAUT AAO

by Smt. Mamta Mehrotra

Published by **PRABHAT PAPERBACKS**

4/19 Asaf Ali Road, New Delhi-110002

ISBN 978-93-5322-140-9

₹200.00

अनुक्रम

एक

भारत के समाजवादी विचारकों में जयप्रकाश नारायण का विशिष्ट स्थान है। वे एक समाजवादी, गांधीवादी और सर्वोदयवादी थे; लेकिन इनमें से किसी भी विचारधारा के साथ, वे जीवनभर बँधकर नहीं रह सके। वस्तुतः उनके जीवन और चिंतन का एक ही लक्ष्य था और वह था—आर्थिक, सामाजिक न्याय और नैतिकता पर आधारित व्यवस्था की स्थापना करना। इस दृष्टि से उन्होंने समग्र क्रांति की बात कही। इस दिशा में वे एक कदम आगे बढ़े, लेकिन एक ही कदम बढ़ पाए और लोकनायक का समग्र क्रांति का विचार एक स्वप्न ही बनकर रह गया। अपने बारे में बताते हुए जयप्रकाश नारायण कहते हैं, "बहुत लोग यह मानते हैं कि मेरा जीवन खोए हुए अवसरों की कहानी है। मेरे कई मित्र कई बार कहते हैं कि जयप्रकाश तो जब-तब चूक जाता है। एक बार एक मित्र ने यहाँ तक कहा था कि सर्वोच्च पद की घुड़दौड़ में जयप्रकाश हमेशा गलत घोड़े का चुनाव करता आया है। राजनीति छोड़कर मैं सर्वोदय के काम में किसलिए लगा, यह प्रश्न भी मुझसे किया जाता है।

"मैं कभी भी सर्वोच्च पद की घुड़दौड़ में पड़ा ही नहीं। मेरे दिल में देश का या दूसरे किसी का भी मार्गदर्शन करने की लेशमात्र महत्त्वाकांक्षा नहीं है। किसी भी पद का, वह चाहे जितना भी ऊँचा हो, मुझे जरा भी आकर्षण नहीं है।

"जब मैं कांग्रेस में था, तब चुनाव में दूसरों के लिए भाषण देने जाता था। जब सोशलिस्ट पार्टी कांग्रेस से अलग हुई तो उसमें टिकट बाँटने का काम भी मेरे ही जिम्मे था। पार्टी के प्रधानमंत्री की हैसियत से मैंने दूसरों को चुनाव में

खड़ा किया, लेकिन खुद चुनाव में खड़ा होने की तरफ मेरा ध्यान कभी नहीं गया। यह मेरे स्वभाव में ही नहीं है। मैंने राजनीति तथा सारी दुनिया का अच्छी तरह अध्ययन करने के बाद तथा इस देश में समाजवादी पक्ष आदि में रहकर जो अनुभव प्राप्त किया, उन सबको ध्यान में रखते हुए अत्यंत चिंतन-मनन के बाद इस मार्ग को अपनाया है।"

जयप्रकाश नारायण के राजनीतिक और वैचारिक सफर को जाननेवाले अकसर कहते हैं कि जयप्रकाश नारायण किसी एक जगह ठहर जानेवाले व्यक्ति नहीं थे। जनता की मुक्ति के लिए वे राजनीति को जरूरी समझते थे। उनका कहना था, "अगर आप सचमुच स्वतंत्रता, स्वाधीनता की परवाह करते हैं, तो बिना राजनीति के कोई लोकतंत्र या उदार संस्था नहीं हो सकती। राजनीति के रोग का सही, मारक और अधिक बेहतर इलाज राजनीति ही हो सकती है, राजनीति का विरोध नहीं।"

जयप्रकाश नारायण का परिवार सिताब दियारा में रहता था। दियार इलाका वह होता है, जो नदियों द्वारा छोड़ी गई जमीन से बनता है। सिताब दियारा गाँव गंगा और सरयू के बीच पड़ता है। नदियाँ मार्ग बदलती रहती हैं। कभी यह गाँव बिहार में था, लेकिन अब उत्तर प्रदेश में है। जयप्रकाश नारायण के दादा दारोगा थे और पिता नहर विभाग में अधिकारी, अत: जयप्रकाश नारायण के परिवार के पास खूब जमीन थी। आजादी के बाद भी काफी जमीन बच गई।

वर्ष 1902 में सिताब दियारा में प्लेग का प्रकोप जंगल की आग की तरह फैला। इस प्लेग की बीमारी ने खुशियों से लहलहाते सिताब दियारा गाँव को अपना ग्रास बना लिया और देखते-ही-देखते यह गाँव भयानक रूप से प्लेग की चपेट में आ गया। जयप्रकाश के माता-पिता हरसु दयाल व फूलरानी देवी ने इस बीमारी से भयभीत होकर गाँव छोड़ने का मन बना लिया। वे अपने पैतृक गाँव सिताब दियारा को छोड़कर बलिया जिले के ही बाबूखाती नामक स्थान पर चले गए, जहाँ उनकी पहले से ही खेती-बाड़ी थी। इसी बाबूखाती नामक स्थान पर 11 अक्तूबर, 1902 को भारत के महान् सपूत जयप्रकाश नारायण का जन्म हरसु दयाल व फूलरानी देवी के सुपुत्र के रूप में हुआ। अपने तीन भाई और तीन बहनों में जयप्रकाश चौथी संतान थे। कहा जाता है कि चार वर्ष तक उनके दाँत नहीं निकले, तो माता-पिता उन्हें प्यार से 'बऊल' के नाम से पुकारने लगे।

दुर्भाग्य ने उनके परिवार का पीछा यहाँ भी नहीं छोड़ा। जयप्रकाश से बड़े भाई हरिप्रकाश की मृत्यु तेरह वर्ष की अवस्था में ही हैजे की बीमारी से

हो गई और उनकी बड़ी बहन चंद्राभानु, जो हरिप्रकाश के बाद की थीं, की मृत्यु प्लेग की बीमारी से हो गई, जिसने उनके परिवार को दु:खों के सागर में डुबो दिया। अब जयप्रकाश से बड़ी एक बहन, जिनका नाम चंद्रावली था, ही शेष रह गई थीं। बाद में, जयप्रकाश से छोटी बहन चंद्रकला और भाई राजेश्वर का जन्म हुआ। अपने परिवार के बीच जयप्रकाश सबके दुलारे और प्यारे थे। □

दो

जयप्रकाश बचपन से ही अत्यंत उदार और दयालु प्रकृति के थे। वे छोटे हों या बड़े, सभी जीवों और प्राणियों के प्रति स्नेह व सहानुभूति रखते थे। वे सत्यवादी और स्पष्टवादी थे। किसी भी प्राणी की सेवा और भलाई करना तो मानो उनकी दिनचर्या में शामिल था। उनका मानना था कि इस संसार के सभी प्राणी ईश्वरकृत हैं और जो उनके प्रति प्रेम व सहानुभूति नहीं रखता, वह प्रत्यक्ष रूप से ईश्वर का अनादर करता है। उनका सोचना था कि रुपए-पैसे और बहुमूल्य वस्तुओं का सहयोग तो हस्तांतरित प्रक्रिया है, परंतु सेवा और सहानुभूति ही एक ऐसी स्थायी व अनमोल भेंट है, जिसका एहसास प्राणी के हृदय में जीवनपर्यंत विद्यमान रहता है और जिसे कभी भी लौटाया नहीं जा सकता।

उनकी उदार एवं दयालु प्रकृति इस घटना से साफ झलकती है। उनके घर में कबूतरों का एक जोड़ा था। जयप्रकाशजी को इस जोड़े से काफी लगाव एवं मित्रता थी।

एक दिन लू लगने से एक कबूतर की मृत्यु हो गई। भावुक और दयालु जयप्रकाश इस आघात को सहन नहीं कर पाए। वे इस घटना से इतने विक्षुब्ध हो गए कि पूरे दिन और रात कुछ नहीं खाया। कबूतर का जोड़ा उनके मनोरंजन का मुख्य साधन था, जिसके साथ जयप्रकाश मित्र की तरह खेला करते थे। इसके अलावा जयप्रकाश पालतू जानवरों एवं पक्षियों से भी काफी प्रेम रखते थे, जैसे हिरन, कुत्ता, तोता, मैना आदि। उनके घर में एक घोड़ा भी था। उसके साथ वे व्यस्त रहते थे। घोड़े के साथ खतरनाक खेल खेलने के कारण उनके पिता नाराज होते थे और उस घोड़े को बेच देना चाहते थे, परंतु जयप्रकाश अपने पिता को ऐसा करने से मना करते थे।

वे एकांतप्रिय थे। उनकी खेल-कूद में रुचि नहीं थी। घर पर अपनी बहन एवं भाई के साथ जानवरों एवं पक्षियों से तरह-तरह के खेल खेलते थे, परंतु खेल के मैदान में जाकर अपने मित्रों के साथ खेलना उनकी रुचि में नहीं था।

□

तीन

जयप्रकाश छह वर्ष के हुए तो उनका नामांकन गाँव के ही प्राथमिक विद्यालय में करा दिया गया। वे पढ़ने में बड़े ही कुशाग्र थे। घर पर भी एक शिक्षक आकर उन्हें प्रतिदिन पढ़ाया करते थे। एक बार उनके पिता कुछ बातों को लेकर उनके शिक्षक से नाराज हो गए और उन्होंने शिक्षक को पढ़ाने आने से मना कर दिया। तब जयप्रकाश ने अपने पिता को मनाया। शिक्षक के प्रति पुत्र की सहानुभूति को देख, उन्हें अपना निर्णय बदलना पड़ा।

जब प्राइमरी शिक्षा पूर्ण हो गई, तो आगे की शिक्षा के लिए जयप्रकाश को पटना भेजा गया। नौ वर्ष की आयु में उनका दाखिला सातवीं कक्षा में पटना के एक स्कूल में करा दिया गया। जयप्रकाश के लिए यह पहला अवसर था, जब उन्होंने अपने दादाजी के साथ बैलगाड़ी से पटना तक की यात्रा की थी। जयप्रकाश 'सरस्वती भवन' नामक छात्रावास में रहकर अपना अध्ययन करने लगे।

एक बार उनके सहपाठी ने उनकी एक पुस्तक चुरा ली। यह जानते हुए कि उनकी पुस्तक किसने चुराई है, उन्होंने किसी से इस घटना के बारे में शिकायत नहीं की, परंतु उनके शिक्षक को इस बात की जानकारी किसी प्रकार से हो गई। उन्होंने उस छात्र को बुलाकर काफी डाँटा-फटकारा। तब उस छात्र ने उनकी वह पुस्तक लौटा दी। जयप्रकाश को सबके सामने शिक्षक द्वारा उस छात्र को डाँटा जाना बुरा लगा। इसके लिए जयप्रकाश ने जाकर अपने सहपाठी छात्र से क्षमा माँगी। छात्र शर्मिंदगी महसूस करते हुए जयप्रकाश के उदार व्यवहार से रो पड़ा।

पुस्तक मिलने के बाद जयप्रकाश ने अपने सहपाठी से हाथ मिलाते हुए कहा, "तुम बहुत ही नेक एवं ईमानदार हो। मैं तो जानता भी नहीं था कि मेरी पुस्तक गलती से तुम्हारे पास चली गई है। तुमने मेरी पुस्तक को नहीं चुराया है। मेरी याद्दाश्त इधर बहुत ही कमजोर हो गई है। मैंने तुम्हें पुस्तक दी, परंतु भूल गया। मैं बहुत ही शर्मिंदा हूँ। तुमने मेरी पुस्तक को सुरक्षित रखा और लौटाया। इसके लिए मैं आभारी हूँ।"

इन सब उदारवादी बातों को सुनकर सहपाठी की आँखों में आँसू आ गए और वह बोला, "जयप्रकाश, सच्चाई तो यह है कि मैंने ही तुम्हारी पुस्तक चुराई

थी, परंतु तुमने मेरे साथ फिर भी सराहनीय व्यवहार किया।"

जयप्रकाश ने अपने सहपाठी से कहा कि अगर तुम गलती को आंतरिक रूप से स्वीकार करते हो, तब उसे यह वादा करना होगा कि भविष्य में कभी भी ऐसी गलती नहीं करोगे और न ही किसी वस्तु को लालच की दृष्टि से देखोगें। सहपाठी ने वादे को दोहराया और फिर दोनों ने हाथ मिलाए।

सचमुच ही उदार प्रकृति, सहृदय, अच्छे चरित्र, दया, सहानुभूति, स्नेह जयप्रकाश को बचपन से ही विरासत में मिले थे।

अकसर मौन रहनेवाले जयप्रकाश ने कभी भी गलत तथा अन्यायपूर्ण व अनुचित बात को मौन रहकर नहीं स्वीकारा। वे सभी जाति-धर्मों का समान रूप से सम्मान करते थे। न तो अपनी गलती को स्वीकार करने में हिचकते और न ही दूसरे की गलती को एहसास करवाने से पीछे रहते। स्कूल के शिक्षक एवं प्राचार्य जयप्रकाश के व्यक्तित्व एवं चरित्र पर काफी गर्व करते थे। उस समय उस स्कूल के प्राचार्य साईं अमजद अली खान थे। वे बड़े ही नेक एवं योग्य शिक्षक थे। वे छात्रों के केवल शैक्षणिक एवं मानसिक विकास के लिए ही प्रयत्नशील नहीं थे, बल्कि उनके चारित्रिक विकास के लिए भी अथक लगनशील थे। वे राष्ट्रीय स्तर पर उदारवादी और चरित्रवान् समुदाय की कल्पना को साकार करना चाहते थे।

कुछ दिन बाद जयप्रकाश की बड़ी बहन चंद्रावती की शादी हो गई। उनके जीजा ब्रजबिहारी सहाय पटना उच्च न्यायालय के एक प्रसिद्ध वकील थे। अब जयप्रकाश स्कूल के 'सरस्वती भवन' छात्रावास को छोड़कर अपने जीजा एवं बहन के साथ रहने लगे थे। ब्रजबिहारी सहाय बहुत ही ऊँचे विचार और चरित्र के व्यक्ति थे। उनसे जयप्रकाश को अपने चरित्र-निर्माण में काफी सहयोग मिला।

जयप्रकाश अकसर कहा करते थे, "कोई मनुष्य अच्छा है तो वह अपनी जाति के कारण नहीं, बल्कि अपने चरित्र के कारण। वैसे ही कोई आदमी बुरा है तो वह अपनी जाति के कारण नहीं, बल्कि चरित्र के कारण।"

जयप्रकाश जानते थे कि उनके कॉलेज में बहुत से अच्छे विद्यार्थी हैं, जो उनसे मित्रता भी करना चाहते थे, परंतु उन्हें हमेशा ही शांतिप्रिय एवं एकांतमय वातावरण पसंद था। अध्यापकों द्वारा पूछे गए प्रश्न का उत्तर जयप्रकाश ने कभी

भी अपनी कक्षा में स्वयं खड़े होकर नहीं दिया। इसका मतलब यह नहीं था कि जयप्रकाश पढ़ने में साधारण एवं कमजोर थे और प्रश्न के उत्तर नहीं जानते थे, बल्कि वे अति तीव्र एवं कुशाग्र बुद्धि के थे। उनकी गणना हमेशा ही प्रथम श्रेणी के विद्यार्थियों में होती थी। वे सदैव ही किसी भी परीक्षा में सम्मानजनक अंक के साथ उत्तीर्ण होते थे।

जयप्रकाश सेमिनार, डिबेट आदि में भाग नहीं लेते थे और न ही खेल-कूद संबंधी आयोजित किसी प्रतियोगिता में भाग लेते व देखने में रुचि रखते थे। एक बार उनके एक सहपाठी ने उनके बारे में लिखा, "खेल-कूद स्कूल का अनिवार्य एवं अभिन्न अंग है। जबकि खेल-कूद से बहुत कुछ हासिल किया जा सकता है। यह आश्चर्य की बात है कि स्कूल के दो-तीन मेधावी छात्र खेल-कूद में भाग नहीं लेते, खास करके जयप्रकाशजी, सिंधेश्वरी सिंह, जो स्कूल में सबसे तेज विद्यार्थी थे, यदा-कदा खेल मैदान में आते थे; परंतु जयप्रकाशजी बिल्कुल नहीं।"

हिंदी भाषा पर जयप्रकाश की अच्छी पकड़ थी। इसका अंदाजा इसी बात से लगाया जा सकता है कि 'बिहार में हिंदी की स्थिति' विषय पर निबंध प्रतियोगिता में वे पूरे भारतवर्ष में प्रथम आए थे। हिंदी के साथ-साथ अंग्रेजी और संस्कृत का भी उन्हें अच्छा ज्ञान था। गणित में भी उनकी विशेष रुचि थी। □

चार

सन् 1919 में जयप्रकाश ने पटना कॉलेजिएट स्कूल से मैट्रिक की परीक्षा प्रथम श्रेणी में उत्तीर्ण की। अच्छे अंक प्राप्त करने के लिए उन्हें मेधावी स्कॉलरशिप मिली और पटना कॉलेज में आई.एस-सी. में प्रवेश मिला। इसी साल जून माह में उनका विवाह बिहार के मशहूर गांधीवादी 'बृजकिशोर प्रसाद' की पुत्री 'प्रभावती' से तय हो गया।

इस समय पूरे देश में अंग्रेजी साम्राज्य के विरुद्ध असंतोष व आक्रोश की लहर दौड़ रही थी। 13 अप्रैल, 1919 को घटित जलियाँवाला बाग हत्याकांड ने

पूरे देश को झकझोरकर रख दिया था। इसी समय जयप्रकाश पुस्तकों के माध्यम से गांधीवादी विचारधारा से अवगत हुए। उन्होंने सत्याग्रह और दक्षिण अफ्रीका में उनके प्रयोगों के बारे में पढ़ा। गांधी की इस विचारधारा का उन पर गहरा प्रभाव पड़ा और वे इसके कायल हो गए और साथ ही, इस विचारधारा के समर्थन में अपने विचारों का खुलकर प्रदर्शन करने लगे।

16 मई, 1920 को उनका विवाह प्रभावती के साथ हो गया। बिना दहेज व सादगी से उन्होंने आदर्श विवाह किया था। प्रभावती विवाह के बाद कस्तूरबा गांधी के साथ गांधी आश्रम में रहीं। प्रभावती स्वभाव से अत्यंत मृदुल थीं। गांधीजी का उनके प्रति अपार स्नेह था। प्रभा से शादी होने के समय और शादी के बाद में भी गांधीजी से उनके पिता का संबंध था, क्योंकि प्रभावती के पिता, ब्रजकिशोर बापू चंपारन में जहाँ गांधीजी ठहरे थे, प्रभा को साथ लेकर गए थे। प्रभा विभिन्न राष्ट्रीय उत्सवों और कार्यक्रमों में भाग लेती थीं।

वर्ष 1920 में ही जयप्रकाश पहली बार गांधीजी से मिले। इस मुलाकात का उन पर काफी गहरा प्रभाव पड़ा। सन् 1921 में गांधीजी ने असहयोग आंदोलन का आह्वान किया। जयप्रकाश पहले से ही गांधीजी से काफी प्रभावित थे। थोड़ी दुविधा के पश्चात् उन्होंने कॉलेज की शिक्षा का परित्याग कर दिया और आंदोलन में कूद पड़े। खादी पहनने लगे थे और चरखा चलाना भी सीख लिया।

चौरीचौरा की घटना के कारण गांधीजी ने अपना असहयोग आंदोलन वापस ले लिया। बहुत सारे छात्र दोबारा कॉलेज जाने लगे, पर जयप्रकाश ने अंग्रेजों द्वारा चलाई जा रही शिक्षण संस्थाओं में वापस जाने से साफ इनकार कर दिया। पिता के दबाव के कारण उन्होंने बिहार विद्यापीठ में दाखिला लिया और वहीं से आई.एस-सी. की परीक्षा प्रथम श्रेणी से उत्तीर्ण की।

□

पाँच

उस समय उच्च शिक्षा के लिए इंग्लैंड जाना एक प्रचलन सा था। जयप्रकाश की भी इच्छा उच्च शिक्षा प्राप्त करने के लिए विदेश जाने की थी, पर उन्होंने इंग्लैंड जाने से मना कर दिया, क्योंकि उनका मानना था कि वे उस देश में शिक्षा-प्राप्ति के लिए नहीं जा सकते, जिसने उनके देश को गुलामी की जंजीरों में जकड़ा हुआ है। उन्होंने अमेरिका जाने का निर्णय लिया। अमेरिका की छवि पूरे विश्व में हो रहे विभिन्न स्वतंत्रता आंदोलनों के समर्थक देश के रूप में थी। इस बात ने भी जयप्रकाश के अमेरिका जाने के निर्णय में बड़ी भूमिका निभाई थी।

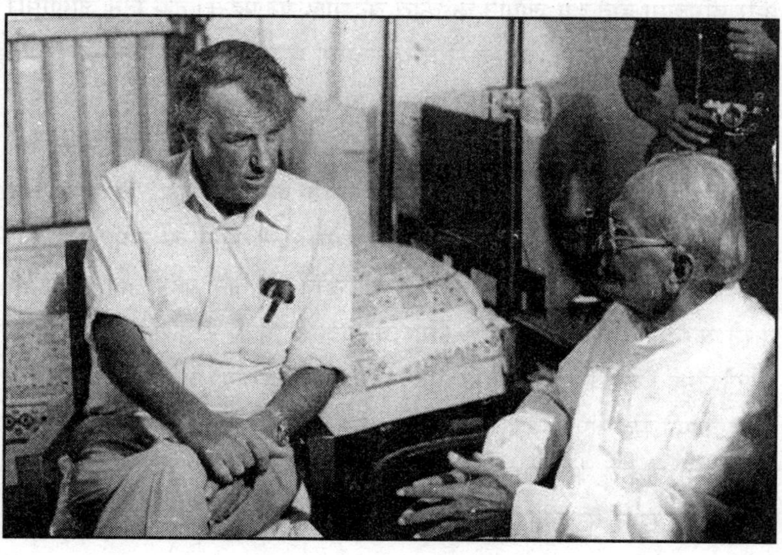

इसी समय ब्रजकिशोर बाबू, जो जयप्रकाशजी के ससुर थे, ने अपनी वकालत छोड़ दी और कांग्रेस के साथ स्वतंत्रता आंदोलन में शामिल हो गए।

जयप्रकाशजी ने प्रभावती को भी अपने साथ अमेरिका चलने के लिए कहा, किंतु प्रभावती ने इनकार कर दिया; परंतु उन्हें अमेरिका जाने के लिए प्रोत्साहित किया। उनके पिता हरसुदयाल और ससुर ब्रजकिशोर बाबू ने भी उनके अमेरिका जाने के लिए सहमति प्रकट की एवं प्रोत्साहित किया, परंतु उनकी माँ ने अनिच्छा जाहिर की। वे बहुत उदास एवं दुःखी हुईं। वे जयप्रकाश को अपने कलेजे का टुकड़ा मानती थीं, जिसे अपनी आँखों से ओझल होने देना नहीं चाहती थीं।

उस समय जयप्रकाश की आर्थिक स्थिति भी अच्छी नहीं थी। फिर भी निश्चय के धनी जयप्रकाश ने पीछे मुड़कर नहीं देखा। उन्होंने जापान के विज्ञान एवं प्रौद्योगिकी संस्थान से अग्रिम सहायता प्राप्त की, साथ ही अपने किराए एवं रास्ते के खर्चों के लिए दूसरे अन्य स्रोतों से व्यवस्था की।

16 मई, 1922 को जयप्रकाश पटना से कलकत्ता के लिए रवाना हुए। वहाँ से 16 अगस्त को वे 'जेनेस' नामक मालवाहक जहाज पर सवार होकर आगे की यात्रा पर निकल गए। लगभग तीस दिन की यात्रा में रंगून, सिंगापुर और हांगकांग होते हुए जापान के कोबे बंदरगाह पर पहुँचे। दस दिन जापान में रहकर 'तैयामार' नामक जहाज से वे याकोहामा से अमेरिका के लिए चल पड़े।

एक लंबी यात्रा के पश्चात्, 8 अक्तूबर, 1922 को जयप्रकाश अमेरिका के कैलिफोर्निया राज्य के सैन फ्रांसिस्को नगर पहुँचे। वहाँ कैलिफोर्निया विश्वविद्यालय में प्रवेश के बारे में पता करने पर पता चला कि नया सत्र जनवरी से आरंभ होनेवाला था और अभी उसमें तीन महीने का समय शेष था। आर्थिक स्थिति अच्छी न होने के कारण उन्होंने इन तीन महीने का सदुपयोग करने का निर्णय किया। उन्होंने अंगूर के एक फार्म में नौकरी कर ली। एक महीने उन्होंने जमकर मेहनत की और कुछ डॉलर कमाए, जो उस समय उनके लिए काफी महत्त्वपूर्ण थे।

इसी नौकरी के दौरान जयप्रकाश शेर खान नामक व्यक्ति के संपर्क में आए। शेर खान के उदार व्यक्तित्व और दूसरे के धर्म के प्रति सम्मान की

भावना ने जयप्रकाश के मानस-पटल पर गहरा प्रभाव छोड़ा। शेर खान के व्यक्तित्व का अंदाजा इस बात से लगाया जा सकता है कि जब तक जयप्रकाश उसकी मंडली में रहे, उसने खाने में गो-मांस नहीं बनने दिया। फलों के मौसम की समाप्ति हो जाने पर जयप्रकाश वापस बर्कले लौटे और जनवरी 1923 में कैलिफोर्निया विश्वविद्यालय के विज्ञान विभाग में प्रथम वर्ष में प्रवेश ले लिया।

बर्कले स्थित कैलिफोर्निया विश्वविद्यालय में वे कुछ भारतीय विद्यार्थियों से मिले, जो पहले से वहाँ शिक्षा प्राप्त करने हेतु आए हुए थे। इन सब भारतीय विद्यार्थियों ने मिलकर एक समिति बनाई, जिसे भारतीय विद्यार्थी 'नालंदा क्लब' के नाम से पुकारते थे। जयप्रकाश डॉ. मेनन (भारतीय) से भी मिले, जो चतुर्थ वर्ष के विद्यार्थी थे, वे कुछ दिन उनके कमरे में ही ठहरे।

कैलिफोर्निया में क्रिश्चियन छात्रों के सहयोग एवं रोजगार-प्राप्ति हेतु ब्यूरो नामक एक संस्था का निर्माण किया गया। वहाँ छुट्टी के दिनों में विद्यार्थी रोजगार के सुअवसर प्राप्त कर सकते थे। जयप्रकाश नारायण ने भी सहयोग एवं रोजगार के लिए उस संस्था में आवेदन किया, परंतु इस ब्यूरो ने उस समय उन्हें किसी भी प्रकार का सहयोग एवं रोजगार देने से इनकार कर दिया।

प्रथम सत्र के परीक्षार्थी जयप्रकाश ने प्रथम श्रेणी से परीक्षा उत्तीर्ण की। प्रैक्टिकल को छोड़कर उन्हें ए ग्रेड प्राप्त हुआ, यानी 90 प्रतिशत। इतने अच्छे प्रदर्शन के बावजूद जयप्रकाश द्वितीय सत्र में प्रवेश नहीं ले सके। विश्वविद्यालय का बढ़ा हुआ शुल्क वहन करने में वे असमर्थ थे।

अपनी आर्थिक विषमता को देखते हुए जयप्रकाश ने अपने पूर्व परिचित भोलादत्त से संपर्क बनाया, जो आयोवा विश्वविद्यालय में विद्यार्थी थे। भोलादत्त ने आयोवा विश्वविद्यालय में ही नामांकन कराने के लिए उन्हें परामर्श दिया। इस आयोवा विश्वविद्यालय में भारतीय विद्वान्, सुधींद्र बोस प्रोफेसर थे। उनकी भी अनुमति एवं सहयोग उन्हें मिला। इस विद्यालय में फीस नाम मात्र ही थी, जो उनके लिए वरदान सिद्ध हुई।

इस प्रकार जयप्रकाश ने आयोवा विश्वविद्यालय में दाखिला ले लिया। आयोवा विश्वविद्यालय की फीस कैलिफोर्निया विश्वविद्यालय की फीस से

लगभग एक-चौथाई ही थी। यहाँ जयप्रकाश ने जर्मन और फ्रेंच भाषा के साथ-साथ कुछ समय के लिए केमिकल इंजीनियरिंग का भी अध्ययन किया। इसी विश्वविद्यालय के एक प्रोफेसर ने जयप्रकाश को 'जे.पी.' कहकर पुकारना शुरू किया। बाद में, जयप्रकाश इसी नाम से पहचाने जाने लगे और उनका यह नाम अत्यधिक लोकप्रिय हुआ।

आयोवा विश्वविद्यालय में एक वर्ष अध्ययन करने के पश्चात्, जयप्रकाश ने विस्कांसिन विश्वविद्यालय में प्रवेश लिया, साथ ही, अपना खर्च वहन करने के लिए विभिन्न प्रकार के छोटे-मोटे काम करते रहे। उन्होंने बर्फ हटाने, वेटर, खिड़कियाँ साफ करने इत्यादि का काम किया।

जयप्रकाश विस्कांसिन में मार्क्सवादी नेता लेनिन और ट्रॉसकी के विचारों से प्रभावित हुए। मार्क्सवाद पर प्रकाशित सभी पुस्तकों का उन्होंने गहन अध्ययन किया। मार्क्सवाद पर अत्यधिक जानकारी प्राप्त करने के उद्देश्य से वे रात्रि में 'रशियन टेलर' नामक जगह पर जाकर पढ़ाई करते थे। जयप्रकाश अमेरिका में 'कम्युनिस्ट चैप्टर' के सदस्य बन गए और शिकागो में वरिष्ठ कम्युनिस्ट नेताओं से मिले।

विस्कांसिन विश्वविद्यालय में जयप्रकाश का रुझान सामाजिक विज्ञान के क्षेत्र में होने लगा, साथ ही मार्क्सवादी विचारधारा ने भी उनके मन-मस्तिष्क पर प्रभाव डालना शुरू किया। धीरे-धीरे वे पक्के मार्क्सवादी बन गए। मार्क्सवादी विचारधारा के प्रभाव में अपने एक मित्र मैनुअल गोमेज की सलाह पर साम्यवादी विचारधारा और क्रांतिकारी तौर-तरीकों के अध्ययन के लिए उन्होंने मॉस्को जाने का निर्णय किया, पर यहाँ पर पैसे की कमी ने रास्ता रोक लिया। अत: अपनी पढ़ाई छोड़कर पैसा कमाने के लिए वे शिकागो चले गए। अमेरिका उस समय आर्थिक संकट से गुजर रहा था। बेरोजगारी ने वहाँ भयानक रूप धारण कर लिया था। इस माहौल में काम ढूँढ़ना असंभव सा प्रतीत हो रहा था।

कड़ाके की ठंड और विपरीत परिस्थितियों में धीरे-धीरे जयप्रकाश को टांसिल की बीमारी ने घेर लिया। मित्रों की सहायता से जयप्रकाश इस बीमारी

से उबरे। बाद में, उन्होंने पिता से आर्थिक सहायता माँगी और खुद को कर्ज से मुक्त किया।

घरवालों को जब यह पता चला कि जयप्रकाश मॉस्को जाना चाहते हैं तो उन लोगों ने डॉ. राजेंद्र प्रसाद से कहा कि वे जयप्रकाश को मॉस्को जाने से रोकें। राजेंद्र प्रसाद के अनुरोध पर जयप्रकाश ने मॉस्को जाने का विचार स्थगित कर दिया और फिर विस्कांसिन विश्वविद्यालय जाकर पढ़ाई शुरू कर दी।

विस्कांसिन विश्वविद्यालय में एक सत्र की पढ़ाई पूर्ण करने के पश्चात्, जयप्रकाश अपने मित्र एब्राम लैडी की सलाह पर ओहियो विश्वविद्यालय चले गए। वहीं से 31 अगस्त, 1928 को उन्होंने बी.ए. की परीक्षा पास की। अच्छे प्रदर्शन के कारण उन्हें 30 हजार डॉलर की छात्रवृत्ति मिली और तीन महीने के बाद उसी विश्वविद्यालय में सहायक अध्यापक की नौकरी भी मिल गई, साथ ही उन्होंने एम.ए. में भी प्रवेश ले लिया।

एम.ए. के छात्र के रूप में जयप्रकाश ने अपनी प्रतिभा का लोहा मनवा दिया। छात्र और शिक्षकगण जयप्रकाश की बुद्धि और सदाचारिता का गुणगान करते नहीं थकते थे। मनोविज्ञान के प्रोफेसर अल्बर्ट बीस ने कहा था कि यह विद्यार्थी आगे चलकर एक सामाजिक 'तत्त्ववेत्ता' के रूप में नाम कमाएगा।

13 अगस्त, 1929 को जयप्रकाश को एम.ए. की डिग्री प्रदान कर दी गई। इसके बाद उन्होंने अमेरिका में ही पी-एच.डी. करने का मन बना लिया, पर उसी समय उन्हें अपनी माँ के बीमार होने का समाचार मिला और उन्हें वापस भारत लौटना पड़ा।

□

छह

जयप्रकाश ने अपनी शिक्षा अत्यधिक मेहनत और विपरीत परिस्थितियों से जूझते हुए प्राप्त की थी। इस कारण उनके मन में श्रम के प्रति अगाध श्रद्धा की भावना का विकास हुआ। उन्होंने कहा था कि 'मानवमात्र की समानता और श्रम का गौरव, श्रम की प्रतिष्ठा मेरे लिए कोरे शब्द नहीं, बल्कि प्रत्यक्ष अनुभूति बन गए।'

दृढ निश्चयी जयप्रकाश ने अनेक आर्थिक तंगियों, यातनाओं एवं समस्याओं पर विजय हासिल करते हुए अपनी ऊँची शिक्षा की मंजिल को पार किया। उन्होंने अपनी फीस, अपने खर्चे के निर्वहन के लिए अतिरिक्त समय में अनेक जगहों पर कार्य किया। उन्होंने कभी किसी कार्य को छोटा नहीं समझा, उसे करने में शर्मिंदगी महसूस नहीं की। अपने विद्यार्थी जीवन में छुट्टियों में भी समय को उन्होंने निरर्थक नहीं गँवाया।

सात वर्ष अमेरिका में रहने के पश्चात्, जयप्रकाश वर्ष 1929 में भारत वापस लौटे। जयप्रकाश भारत वापस आने के लिए ऑस्ट्रेलियाई समुद्री जहाज पर सवार हुए। जहाज फ्रांस के रास्ते होता हुआ कोलंबो पहुँचा। कोलंबो से दूसरे जहाज से वे धनुषकोडी पहुँचे। फिर वहाँ से ट्रेन के रास्ते मद्रास होते हुए कलकत्ता के रास्ते पटना पहुँचे।

पटना में ही जयप्रकाश अपनी पत्नी प्रभावती से मिले। उस समय तक प्रभावती में आश्चर्यजनक परिवर्तन हो चुका था, जिसे जयप्रकाश ने भी अनुभव किया। इस समय तक प्रभावती शारीरिक ऐश्वर्य और दांपत्य सुख को तिलांजलि देकर बिल्कुल सादा जीवन और उच्च विचार की प्रवर्तक बन चुकी

थीं, जो जयप्रकाश नारायण को पसंद नहीं आया। वे सात वर्ष विदेश में एकाग्र जीवन बिताने के बाद दांपत्य सुख की ओर लौटना चाहते थे, परंतु प्रभावती तो अपना रास्ता ही बदल चुकी थीं और पुन: पीछे लौटना नहीं चाहती थीं। इधर, जयप्रकाश के अमेरिका प्रवास काल में प्रभावती ने एक लंबा समय साबरमती आश्रम में गांधीजी के साथ बिताया। वहीं पर प्रभावती ने गांधीजी के ब्रह्मचर्य के विचारों से प्रभावित होकर ब्रह्मचर्य का व्रत ले लिया था। वे गांधीजी के परमप्रिय शिष्यों में से एक हो गई थीं।

लोकनायक जयप्रकाश नारायण एक अलग ही मिट्टी के बने इनसान थे। भले ही कई बार आप उनसे वैचारिक रूप से असहमत हों, लेकिन देश और समाज में बदलाव लाने की उनकी जीवटता को देखकर उन्हें सलाम करने का मन करता है। जयप्रकाश नारायण अपने शुरुआती और बाद के जीवन में भले ही गांधीवाद से प्रभावित रहे, लेकिन गांधीजी के कई सिद्धांतों से उनकी असहमति थी, इसमें एक सिद्धांत 'ब्रह्मचर्य' का भी था, जिससे जयप्रकाश नारायण की असहमति थी, लेकिन कई लोग यह भी कहते हैं कि जयप्रकाश नारायण ने कसम खाई थी कि वे गुलाम भारत में कोई संतान पैदा नहीं करेंगे।

पत्नी प्रभावती के ब्रह्मचर्य व्रत का पालन करके भी जयप्रकाश नारायण ने इतिहास ही बदला था। प्रभावती के पहले तक केवल पुरुषों के ब्रह्मचर्य व्रत का उदाहरण मिलता है, जिसको स्त्रियाँ भी पति की अनुगामिनी के रूप में स्वीकार कर लेती थीं।

जब जयप्रकाश नारायण अमेरिका गए तो प्रभावती गांधीजी के साथ रहने साबरमती आश्रम चली गईं। गांधीजी ने अपने ससुर ब्रजकिशोर प्रसाद को पत्र लिखकर आग्रह किया था कि वे अपनी बेटी को आश्रम में रहने की अनुमति दें। जयप्रकाश ने अमेरिका से अपने पिता को चिट्ठी लिखकर अनुरोध किया कि वे प्रभावती को साबरमती आश्रम जाने दें। इसलिए प्रभावती आश्रम चली गईं और जयप्रकाश के अमेरिका प्रवास के दौरान वहीं रहीं।

आश्रम में प्रभावती पर गांधी का ऐसा प्रभाव पड़ा कि ब्रह्मचर्य का व्रत लेने की बात उनके दिमाग में बैठ गई। पहले उन्होंने अपनी इच्छा कस्तूरबा को बताई और फिर बाद में गांधीजी से भी इसकी चर्चा की। गांधीजी ने पहले तो ऐसा करने से मना कर दिया और उन्हें जयप्रकाश से मशविरा करने को कहा। इसके बाद प्रभावती ने जयप्रकाश को अमेरिका पत्र लिखा। जवाब में जयप्रकाश नारायण ने लिखा कि पत्र में इसका जवाब क्या दूँ, वापस आने पर बात करूँगा, लेकिन प्रभावती व्रत लेने को उद्विग्न थीं। उन्होंने जयप्रकाश के वापस आने का इंतजार नहीं किया और ब्रह्मचर्य की शपथ ले ली।

प्रभावती ने स्पष्ट किया है कि ब्रह्मचर्य का व्रत उन्होंने स्वेच्छा से लिया, गांधीजी के दबाव में नहीं, 'मैं यह कहना चाहती हूँ कि जो लोग कहते हैं कि

गांधीजी ने ऐसा करा दिया और उनके कहने से मैंने ब्रह्मचर्य का व्रत लिया, तो गांधीजी ने कुछ नहीं कहा था, बल्कि उन्होंने तो मना ही किया था और वे बराबर कहते थे कि मुझको जयप्रकाश नारायण के साथ रहना चाहिए, उनकी देखभाल करनी चाहिए, उनकी सेवा करनी चाहिए। गांधीजी की मेरे नाम की सब चिट्ठियों में भी उन्होंने ऐसा ही लिखा है, तो मैंने कोई व्रत किसी के कहने से नहीं लिया था, लेकिन बचपन से ही कुछ ऐसी वृत्ति मेरी थी। वहाँ आश्रम में जाकर सब देखा, तो स्वाभाविक रूप में इस तरफ अग्रसर हुई।'

स्पष्ट है कि महात्मा गांधी ने भले ही सीधे ढंग से प्रभावती को ब्रह्मचर्य का व्रत लेने को न कहा हो, किंतु उनके संस्पर्श में जिस तरह का संस्कार प्रभावती के अंदर विकसित हुआ, उसकी यह स्वाभाविक परिणति थी। आध्यात्मिक और चारित्रिक दृष्टि से प्रभावती का व्यक्तित्व अत्यधिक विकसित था और आश्रम का संस्कार उसमें उत्प्रेरक बना। गांधीजी स्वयं, सन् 1906 में ब्रह्मचर्य का व्रत ले चुके थे। व्रत लेने के दिन तक उन्होंने अपनी पत्नी के साथ विचार नहीं किया था, पर व्रत लेते समय किया। ब्रह्मचर्य की महिमा से वे अभिभूत थे। उन्होंने स्वयं लिखा है, 'ब्रह्मचर्य के संपूर्ण पालन का अर्थ है, ब्रह्म दर्शन। यह ज्ञान मुझे शास्त्र द्वारा नहीं हुआ। यह अर्थ मेरे सामने क्रम-क्रम से अनुभव-सिद्ध होता गया। इससे संबंध रखनेवाले शास्त्र वाक्य मैंने बाद में पढ़े। ब्रह्मचर्य में शरीर-रक्षण, बुद्धि-रक्षण और आत्मा का रक्षण समाया हुआ है। इसे मैं व्रत लेने के बाद दिनोदिन अधिकाधिक अनुभव करने लगा।'

जयप्रकाश नारायण अमेरिका से नवंबर 1929 में वापस आए तो प्रभावती उनसे पटना में मिलीं। प्रभावती से उन्हें मालूम हुआ कि उन्होंने ब्रह्मचर्य का संकल्प ले लिया है। जयप्रकाश नारायण मानसिक रूप से इसके लिए तैयार नहीं थे और न ही ब्रह्मचर्य में उन दिनों उनका विश्वास था। इसलिए प्रभावती का निर्णय सुनकर वे काफी विचलित हुए। किंतु प्रभावती अपने व्रत पर अडिग थीं। इससे उनके दांपत्य जीवन में द्वंद्व और आंतरिक संघर्ष की स्थिति पैदा हो गई।

दिसंबर 1929 में, जयप्रकाश नारायण और प्रभावती गांधीजी से मिलने वर्धा गए। कस्तूरबा ने आश्रम में जयप्रकाश नारायण का स्वागत एक दामाद

की तरह किया। उनकी आत्मीयता से जयप्रकाश नारायण मुग्ध हो गए। ब्रह्मचर्य के बारे में जयप्रकाश नारायण की गांधीजी से चर्चा हुई। गांधीजी ने महसूस किया कि प्रभावती के व्रत से जयप्रकाश नारायण के अंदर आक्रोश है, किंतु वे नैतिक रूप से प्रभावती के साथ थे और उन्हें अपने संकल्प से हटने की सलाह नहीं दे सकते थे। सन् 1929 से 1936 तक इस विषय को लेकर जयप्रकाश नारायण का गांधीजी से काफी पत्राचार होता रहा। जयप्रकाश नारायण ने बहुत कठोर शब्दों में गांधीजी को कई पत्र लिखे, लेकिन उन्होंने कोई प्रतिक्रिया व्यक्त न कर बड़े स्नेह से उन्हें समझाने का प्रयास किया।

एक पत्र में उन्होंने जयप्रकाश नारायण को लिखा, 'तुम्हारे दुःख को समझ सकता हूँ। तुम्हारे दुःख से मुझे दुःख हुआ है। प्रभावती के साथ रहने की तुम्हारी इच्छा स्वाभाविक है। इस हालत में मैं उसे वर्धा रखना नहीं चाहता। तुम्हारा जीवन नीरस बन रहा है, इसका मुझे दुःख है ही। तुम्हारा मीठा और शुद्ध हृदय से लिखा हुआ खत मिला। मेरे लिए तुम्हारे दिल में स्थान व मान है, सो तो मैं अच्छी तरह जानता हूँ। मिलेंगे तब बातें करेंगे।'

एक अन्य पत्र में गांधीजी ने लिखा, 'इसमें मेरी जिम्मेदारी तो है ही। प्रभा मेरे साथ रही और मेरी बातों ने, मेरे आचार ने उस पर असर डाला। अब मैं नहीं जानता क्या करना उचित है। प्रभा मेरे पास आई, ब्रजकिशोर बाबू और तुम्हारी सम्मति से। मेरा जो कुछ असर प्रभा पर पड़ा, उसके लिए तो क्या किया जाए? लेकिन मेरे संपर्क से प्रभा की पिता-भक्ति और पति-प्रेम में न्यूनता नहीं आई है। अब मुझे कहो, मैं क्या करूँ? यदि ऐसा चाहोगे कि प्रभा न मेरे पास आए और न मुझे पत्र लिखे, तो तुम्हारे संतोष के कारण मैं ऐसा प्रतिबंध भी स्वीकार कर लूँगा। तुम दोनों के आदर्श में भेद पाता हूँ। प्रभावती के आदर्श में मेरा हाथ है। उसका मुझे दुःख नहीं है, लेकिन तुम्हारा प्रेम उसे तुम्हारे आदर्श की ओर खींच ले जाए तो मैं राजी हो हूँगा, मेरी जिम्मेवारी कम होगी, तुमको संतोष होगा। मेरे लिए यह इतनी खेद की बात रही कि जो शिक्षा प्रभा ने मेरे पास पाई है, उसमें तुम्हारी पूर्ण सम्मति नहीं है।'

गांधीजी ने अपनी स्थिति एक दूसरे पत्र में स्पष्ट की, 'मेरी यही अभिलाषा है कि तुम्हारा दांपत्य आदर्श बने। मेरे लिए धर्म-संकट है। प्रभा मुझे अथवा

आश्रम को छोड़ना नहीं चाहती। मैं कैसे उसको निकाल दूँ? मैं चाहता हूँ, प्रभा तुम्हारे पीछे-पीछे घूमे और तुम दोनों में जो अंतर पड़ गया है, सो दूर हो जाए। दोनों मिलकर कुछ फैसला करो। मैं तो जहाँ कहो, वहाँ सलाह दे सकता हूँ। हाँ, कोई एक-दूसरे पर जबरदस्ती न करे।'

अंत में गांधीजी ने एक खत में उन्हें दूसरी शादी करने की सलाह दी, 'इसलिए मेरा तो दृढ विश्वास है कि यदि प्रभावती को विकार नहीं है तो उसको मुक्ति दे देनी चाहिए और तुम्हें दूसरी शादी करनी चाहिए। उसमें मैं अधर्म नहीं मानता। क्या किया जाए, तुम्हारी भोगेच्छा को कैसे रोका जाए? तुम तो भोगेच्छा को आवश्यक और आत्मा के लिए लाभदायी मानते हो। ऐसे अवसर पर दूसरी शादी को मैं किसी दृष्टि से बुरी चीज नहीं समझता हूँ। मेरा खयाल है कि तुम्हारे ऐसा करने से समाज को एक दृष्टांत मिलेगा। कई नवयुवक अपनी पत्नी पर जबरदस्ती करते हैं। कई गलत मार्ग अपनाते हैं। कई इससे भी ज्यादा अनीति करते हैं। यहाँ तो प्रभावती ने कुमारी का जीवन पसंद किया है। तुम्हारी ब्रह्मचर्य की इच्छा नहीं है। इसलिए तुम प्रभावती की इच्छा के रक्षक बनते हो और अपने लिए दूसरी स्त्री ढूँढ़ते हो, इस योजना में

कहीं भी मुझको बुराई प्रतीत नहीं होती है।'

गांधीजी के इस पत्र से जयप्रकाश नारायण बुरी तरह आहत हुए थे और एक बातचीत में उन्होंने इसे गांधीजी का 'रुथलेस लॉजिक' कहा था। दूसरे विवाह के विचार तक से उनके आत्मसम्मान को ठेस लगती थी। चूँकि दूसरा विवाह नहीं करना था, इसलिए उन्होंने भी प्रभावती का साथ निभाने के लिए ब्रह्मचर्य का व्रत ले लिया। गांधीजी के आनंद का ठिकाना न रहा। हर्षातिरेक में उन्होंने आशीर्वाद दिया, 'यदि दूसरी स्त्री का खयाल तक भी तुमको नहीं है, तो प्रभावती के लिए तुम्हें ब्रह्मचर्य पालन करना चाहिए और प्रभावती पर तुम्हारा सचमुच ऐसा प्रेम है, तो अनुभव से तुम देखोगे कि तुम्हारे विकार प्रभावती के निकट शांत हो जाएँगे।'

प्रभावती की साधना के लिए जयप्रकाश नारायण ने व्रत लिया। सन् 1973 में, प्रभावती की मृत्यु के बाद एक दिन जयप्रकाश नारायण को पुराने पत्रों का एक पुलिंदा मिला, जिसमें गांधीजी को उनके द्वारा लिखे गए पत्र थे। जयप्रकाश नारायण एक-एक कर पत्र को पढ़ते गए और फफक-फफककर रोते रहे, मैंने ऐसे महात्मा को क्या-क्या लिख दिया।

प्रभावती का व्रत जीवनपर्यंत निष्कलंक रहा। इसे जयप्रकाश नारायण ने भी माना, लेकिन अपने बारे में उन्होंने ऐसा दावा नहीं किया।

□

सात

अमेरिका से आने के बाद जयप्रकाश की मुलाकात कांग्रेस के बड़े-बड़े नेताओं से हुई। उनकी मुलाकात जवाहरलाल नेहरू से भी हुई। पहली मुलाकात के साथ ही उन दोनों में घनिष्ठता हो गई। घनिष्ठता और जयप्रकाश की योग्यता से प्रभावित होकर जवाहरलाल नेहरू ने उन्हें कांग्रेस के मजदूर शोध विभाग का उत्तरदायित्व सौंप दिया। जयप्रकाश प्रभावती के साथ इलाहाबाद आ गए।

जयप्रकाश बनारस हिंदू विश्वविद्यालय में समाजशास्त्र की पढ़ाई हेतु समाजशास्त्र विभाग खुलवाना चाहते थे। वे इसके लिए बी.एच.यू. के कुलपति पं. मदन मोहन मालवीय से मिले और इस प्रस्ताव को रखा। मालवीयजी ने उनके विचारों से प्रभावित होकर सहमति प्रदान कर दी, परंतु जयप्रकाश ने पहले इस बारे में जवाहरलाल नेहरू से सलाह लेना आवश्यक समझा। जवाहरलाल नेहरू ने इसमें सहमति नहीं जताई एवं उन्हें पूर्व में दी गई जिम्मेदारी को समझने के लिए उपयुक्त एवं आवश्यक समझा। जिम्मेदारी को कुशलतापूर्वक संपादन किए जाने से जवाहरलाल नेहरू उनसे काफी प्रभावित हुए। वे उन्हें कांग्रेस की स्थायी सदस्यता प्रदान कर देना चाहते थे, साथ ही मंत्रिमंडल में कैबिनेट मंत्री बना देना चाहते थे, जो जगह पूर्व मंत्री राजाराव के मरणोपरांत रिक्त हुई थी, परंतु माँ के निरंतर बिगड़ते स्वास्थ्य के कारण जयप्रकाश काफी चिंतित एवं परेशान थे।

जयप्रकाश उस समय मार्क्सवादी विचारधारा में विश्वास करते थे, पर उन्होंने यह पाया कि इस समय देश को आजादी कांग्रेस ही दिला सकती है।

गांधीजी से अनेक मुद्दों पर मतभेद होने के बावजूद उन्होंने गांधीजी के नेतृत्व को एक बेहतर लक्ष्य के लिए स्वीकार करना ही. उचित समझा। धीरे-धीरे जयप्रकाश ने कांग्रेस में अपनी गहरी जगह बना ली और उनके नेतृत्व को लोगों ने स्वीकार करना शुरू कर दिया। इसी समय जयप्रकाश की माँ का देहांत हो गया। माँ के श्राद्ध इत्यादि से निवृत्त होकर जयप्रकाश फिर से कांग्रेस के कार्यों में लिप्त हो गए।

देश में इस समय नमक सत्याग्रह जोरों पर था। इसी समय जयप्रकाश को पत्र मिला कि पिता को पक्षाघात हुआ है। घर जाने पर घर की विकट आर्थिक स्थिति से जयप्रकाश चिंतित हो उठे। उन्होंने अपनी स्थिति के बारे में गांधीजी को पत्र लिखा। गांधीजी ने उनकी स्थिति को समझते हुए घर की समस्या को निपटाने की सलाह दी तथा साथ ही घनश्याम दास बिड़ला को पत्र लिखकर जयप्रकाश को उनके यहाँ नौकरी पर लगवा दिया। घनश्याम दास बिड़ला जयप्रकाश की योग्यता से बड़े प्रभावित हुए और उन्हें अपना पी.ए. बना लिया। लगभग छह महीने बिड़ला के यहाँ नौकरी करने के पश्चात् उन्होंने नौकरी छोड़ दी और वापस कांग्रेस के कार्य में संलग्न हो गए।

कांग्रेस के प्रमुख नेतागणों की गिरफ्तारी एवं प्रशासन द्वारा कांग्रेस पार्टी को अवैध करार दिए जाने के कारण देश की आजादी के लिए कांग्रेस द्वारा किए

जा रहे आंदोलन में कुछ समय के लिए शिथिलता आ गई थी। फिर कुछ समय उपरांत कांग्रेस कार्यसमिति की अध्यक्षा श्रीमती सरोजिनी नायडू को निर्वाचित किया गया। श्रीमती नायडू एवं जयप्रकाश हमेशा एक-दूसरे के संपर्क में रहते एवं मिलते-जुलते रहते थे। जयप्रकाश श्रीमती नायडू के समक्ष सभी कागजात को प्रस्तुत करते हुए उनसे कांग्रेस एवं स्वतंत्रता आंदोलन से निहित प्रत्येक मामले में आवश्यक परामर्श लेते थे। किसी भी गंभीर मामले में दोनों संयुक्त रूप से मिलकर निर्णय लेते थे। फलस्वरूप, कांग्रेस को पर्याप्त सांगठनिक मजबूती प्राप्त हुई।

□

आठ

इस समय तक देश में आजादी की लहर सभी जगहों में तेजी से फैल चुकी थी। कोई भी भारतीय अंग्रेज प्रशासन के नियंत्रणाधीन अपना जीवन बिताना नहीं चाह रहा था। अंग्रेजों का अत्याचार एवं जुल्म दिनोदिन बढ़ता ही जा रहा था। अंग्रेज भारतीयों को कोल्हू के बैल से अधिक कुछ नहीं समझते थे। वे भारतीय आंदोलनकारियों पर कहर ढा रहे थे। अनावश्यक रूप से भारतीयों को संगीन जुर्म में फँसाया जा रहा था। उन्हें तरह-तरह की यातनाएँ झेलने के लिए मजबूर किया जा रहा था। अंग्रेजों के जुल्म और आजादी की पुकार ने उदारवादी दयालु जयप्रकाश के हृदय को तार-तार कर दिया। फलत: देश की तत्कालीन परिस्थिति एवं घटना ने उन्हें क्रांति का झंडा उठाने के लिए विवश कर दिया।

अनेक घरेलू समस्याओं एवं आर्थिक विषमता से घिरे हुए भी जयप्रकाश ने देश के लिए अंग्रेजों के विरुद्ध चुनौती को स्वीकार किया और दृढ संकल्पित होकर उसमें कूद पड़े। जयप्रकाश ने अपनी सभी समस्याओं को अनदेखा कर, निजी स्वार्थ से परे हटकर, अपनी जान की परवाह न कर देश एवं देशवासियों की सुरक्षा के लिए सिर पर कफन बाँध लिया।

वर्ष 1932 में दूसरा गोलमेज सम्मेलन विफल हो गया। गांधीजी, जवाहरलाल नेहरू और अनेक प्रमुख नेताओं को गिरफ्तार कर लिया गया। प्रमुख नेताओं की अनुपस्थिति में जयप्रकाश ने आंदोलन की गति बनाए रखने का भार अपने ऊपर ले लिया। उन्होंने इस जिम्मेदारी को कुशलतापूर्वक निभाया। पुलिस की नजरों से वे सफलतापूर्वक बचते रहे।

7 सितंबर, 1932 को जयप्रकाश को गिरफ्तार कर लिया गया। इस समय

ब्रिटेन से लेबर पार्टी का शिष्टमंडल भारत के दौरे पर आया हुआ था। जयप्रकाश ने शिष्टमंडल को विभिन्न स्थानों पर ले जाकर अंग्रेजों के अत्याचार को शिष्टमंडल के सामने लाने का जुर्म किया था। जयप्रकाश की गिरफ्तारी काफी चर्चित रही। बंबई के अखबार 'फ्री प्रेस जर्नल' ने एक लेख प्रकाशित किया, जिसका शीर्षक था— 'कांग्रेस ब्रेन अरेस्टेड'।

जयप्रकाश की यह पहली गिरफ्तारी थी। नासिक जेल में जयप्रकाश राममनोहर लोहिया, मीनू मसानी, अच्युत पटवर्धन, अशोक मेहता इत्यादि समाजवादी विचारधारा से प्रभावित लोगों के संपर्क में आए। जयप्रकाश पहले से ही मार्क्सवाद से प्रभावित थे। इनके संपर्क में आने से उनमें समाजवादी विचारधारा के प्रति प्रेम और बढ़ गया।

वर्ष 1933 में, वे जेल से रिहा हो गए। 1934 में, जनवरी में बिहार में विनाशकारी भूकंप आया। भूकंप ने बिहार में तबाही मचा दी। हजारों लोग बेघर हो गए, लाखों की जान-माल की क्षति हुई। वहाँ के लोग भूखे-प्यासे, फटेहाल अवस्था में खुले आसमान के नीचे जीवन बिताने को मजबूर हो गए। इस घटना ने जयप्रकाश को दहला दिया। वे और उनकी पत्नी प्रभावती द्रवित एवं भाव-विह्वल हो भूकंप-पीड़ितों के सहायतार्थ बिना समय गँवाए बिहार पहुँचे

और एक लक्ष्य अपनाकर भूकंप-पीड़ितों की सहायता एवं सेवा करने लगे। घायलों एवं प्रभावित लोगों को तत्काल यथासंभव चिकित्सा सहयोग एवं इलाज उपलब्ध करवाया। पीड़ितों के लिए अनाज, कपड़ा एवं मौलिक आवश्यकताओं की व्यवस्था प्रशासन के माध्यम से करवाई। भूकंप-पीड़ितों को सुरक्षा एवं देखभाल में आशातीत तत्परता दिखलाई, उनके लिए सारी राहत सामग्री का प्रबंध करवाया।

बिहार में भूकंप-पीड़ितों के साथ तब तक रहे, जब तक वे लोग पूर्णतः ठीक नहीं हो गए। प्रभावती ने भी इस कार्य में जयप्रकाश का हाथ बँटाया। भूकंप-पीड़ितों की स्थिति के सामान्य हो जाने पर वे बिहार से वापस आ गए और अपने लक्ष्य में जुट गए।

जयप्रकाश अपना कुछ समय अपने समाजवादी पार्टी के संगठन एवं विकास पर देने लगे। उत्तर प्रदेश के कांग्रेसी नेता डॉ. संपूर्णानंद भारत में समाजवादी वातावरण को बहाल करने के लिए तैयारी में जुट गए। भारत में समाजवादियों की समिति कायम हो, इसके लिए प्रयास तेज कर दिए गए। 17 मई, 1934 को पटना के अंजुमन इसलामिया हॉल में सभा आयोजित की गई। इसी बैठक में औपचारिक रूप से कांग्रेस सोशलिस्ट पार्टी की घोषणा की गई।

दूसरी तरफ देश में एक विभिन्न राजनीतिक विचारधारा का प्रभाव स्थापित हो रहा था, जो कांग्रेस की नीतियों में विश्वास नहीं करती थी। इसकी शुरुआत उसी समय हो गई थी, जब 1933 में सविनय अवज्ञा आंदोलन के समय सुभाषचंद्र बोस और विट्ठलभाई पटेल ने गांधीजी के नेतृत्व को स्वीकार करने से इनकार कर दिया था। इसी माहौल में 17 मई, 1934 को पटना में एक सम्मेलन हुआ, जिसकी अध्यक्षता आचार्य नरेंद्र देव ने की। इसी अवसर पर कांग्रेस सोशलिस्ट पार्टी का गठन किया गया। इसका उद्देश्य पूर्ण स्वराज व समाजवादी व्यवस्था की स्थापना करना था। इस पार्टी के ज्यादातर सदस्य कांग्रेस के ही थे। जयप्रकाश को इस पार्टी का संगठन मंत्री बनाया गया।

अक्तूबर 1934 में, कांग्रेस सोशलिस्ट पार्टी का एक विशाल सम्मेलन आयोजित किया गया। सम्मेलन की अध्यक्षता डॉ. संपूर्णानंद ने की। यहाँ कांग्रेस सोशलिस्ट पार्टी की स्थापना की घोषणा की गई और यहीं पर आचार्य नरेंद्र देव

को पार्टी का अध्यक्ष तथा जयप्रकाश को महासचिव के पद के लिए चुना गया। आचार्य नरेंद्र देव एवं जयप्रकाश के अलावा इस पार्टी में और भी ऐसे लोग थे, जिन्होंने आनेवाले समय में भारतीय राजनीतिक व सामाजिक पटल पर महत्त्वपूर्ण भूमिका निभाई, जैसे—अच्युत पटवर्धन, राममनोहर लोहिया, मीनू मसानी, सेठ दामोदर स्वरूप, मुंशी अहमद दीन, शिवनाथ बनर्जी, मोहनलाल गौतम इत्यादि।

जयप्रकाश ने महसूस किया कि अगर आजादी प्राप्त करनी है तो ऐसे लोगों का एक ऐसा बड़ा समूह बनाना होगा, जो गैर-राजनीतिक उद्देश्यों से प्रेरित हो और जो सामान्य जन के अधिकारों की रक्षा के उद्देश्य से काम करे। उन्होंने सामान्य जन और किसानों की सहभागिता पर जोर दिया।

जयप्रकाश का कहना था कि उद्योग और कृषि व्यक्तिगत स्वामित्व में नहीं होने चाहिए। उनका मानना था कि जमीन पर उसी का अधिकार होना चाहिए, जो उस पर खेती कर रहा है, पर साथ-ही-साथ उन्होंने यह भी कहा कि ये सारे परिवर्तन अचानक नहीं, बल्कि धीरे-धीरे होने चाहिए, जिससे कि सामाजिक और आर्थिक व्यवस्था को कोई आघात न लगे। अपने इस दृष्टिकोण से जयप्रकाश ने यह साबित किया कि उनके विचार दूरदर्शिता से परिपूर्ण थे। अपने इन्हीं विचारों को प्रकट करने हेतु उन्होंने एक पुस्तक 'व्हाई सोशलिज्म' लिखी, जो 1936 में प्रकाशित हुई।

नेहरू ने लखनऊ सत्र में कांग्रेस की कार्यकारिणी में आचार्य नरेंद्र देव और अच्युत पटवर्धन को कांग्रेस में शामिल कर लिया। यह बात कांग्रेस के नरम दल

के लोगों को पसंद नहीं आई। इस विवाद का परिणाम यह निकला कि कांग्रेस कार्यकारिणी के सात सदस्यों ने त्यागपत्र दे दिया। गांधीजी और जयप्रकाश के प्रयासस्वरूप ही त्यागपत्र वापस हो सके।

सन् 1935 में भारत सरकार अधिनियम, 1935 का भारतीय राजनीतिक पटल पर आगमन हुआ। कांग्रेस के अधिकांश लोगों ने इस अधिनियम को स्वीकार कर लिया। इस अधिनियम के तहत विभिन्न प्रांतों में चुनी हुई सरकारों की स्थापना का प्रस्ताव था, लेकिन साथ ही मुख्य सत्ता वायसराय के हाथ में ही केंद्रित थी। जयप्रकाश ने इस अधिनियम को मानने से इनकार कर दिया। उनका मानना था कि इस प्रकार सत्ता विदेशियों के हाथ में ही केंद्रित रह जाएगी।

कांग्रेस के अंदर इस अधिनियम के पक्ष में भारी समर्थन को देखते हुए जयप्रकाश ने कांग्रेस कार्यकारिणी से इस्तीफा दे दिया और अपना सारा समय कांग्रेस सोशलिस्ट पार्टी को मजबूत बनाने में लगाने लगे।

कम्युनिस्टों ने कांग्रेस सोशलिस्ट पार्टी की स्थापना की तीखी आलोचना की थी, फिर भी जयप्रकाश ने पार्टी में कम्युनिस्टों के प्रवेश पर लगी रोक को हटा दिया। जयप्रकाश के इस निर्णय का आचार्य नरेंद्र देव ने समर्थन किया। कम्युनिस्ट पार्टी के महासचिव पी.सी. जोशी व जयप्रकाश में इसी कालक्रम में अच्छी दोस्ती हो गई थी। कम्युनिस्ट समाजवादियों की आलोचना करते न थकते थे, पर ये साम्यवादी जयप्रकाश को भारत का लेनिन व हिंदुस्तान का 'क्रांतिकारी नंबर वन' भी कहा करते थे।

जयप्रकाश ने विरोध के बावजूद पार्टी में कम्युनिस्टों के प्रवेश का निर्णय लिया था। उन्होंने सोचा था कि इसके अच्छे परिणाम होंगे, पर परिणाम अच्छे साबित नहीं हुए। कांग्रेस अध्यक्ष के मामले में सुभाषचंद्र बोस की अध्यक्षता को समर्थन का वादा देकर भी कम्युनिस्ट वादा पूरा नहीं कर सके। इस घटना से कम्युनिस्टों से जयप्रकाश का मोहभंग हो गया। उन्होंने कम्युनिस्टों के कांग्रेस सोशलिस्ट पार्टी में प्रवेश के अपने निर्णय में अपनी गलती को स्वीकारा।

फरवरी 1937 के चुनाव में कांग्रेस को उल्लेखनीय सफलता मिली। कांग्रेस को पाँच प्रांतों—बिहार, संयुक्त प्रांत, उड़ीसा, मध्य प्रांत व मद्रास में स्पष्ट बहुमत प्राप्त हुआ। इन प्रांतों में कांग्रेस सरकारों की स्थापना की गई।

प्रांतीय सरकारों की स्थापना के बाद जयप्रकाश ने राजनीतिक कैदियों की रिहाई की माँग उठाई—रिलीज ऑर रिजाइन। बिहार और संयुक्त प्रांत के मंत्रिमंडल को इस्तीफा देना पड़ा। अंततः अंग्रेज सरकार को कैदियों को रिहा करना पड़ा।

इसके बाद भी जयप्रकाश कांग्रेस सोशलिस्ट पार्टी को मजबूत करते रहे। 'कांग्रेस सोशलिस्ट' नामक पत्रिका का प्रकाशन, युवक संघ, महिला संघ, स्वयंसेवक संघ जैसे मुद्दों पर ध्यान देना शुरू कर दिया। जयप्रकाश ने समाजवादी विचारधारा के दृष्टिकोण को प्रकट करनेवाली लगभग पाँच सौ पुस्तकों को सूचीबद्ध किया। इन पुस्तकों का अध्ययन पार्टी सदस्यों के लिए अनिवार्य था। विभिन्न शहरों में पुस्तक क्लबों की स्थापना की गई तथा इन पुस्तक क्लबों के प्रचार-प्रसार के लिए उन्होंने पं. नेहरू, सुभाषचंद्र बोस इत्यादि नेताओं से अपील की।

जयप्रकाश ने अपने पत्र में सुभाष बाबू से कहा, "मैं 25 तारीख को कलकत्ता पहुँच जाऊँगा आपके पास एवं कुछ दिन वहाँ ठहरकर बुक क्लब के लिए चंदा इकट्ठा करूँगा। मुझे पूर्ण विश्वास है कि आप इस कार्य में सहयोग प्रदान करेंगे।"

सुभाष ने जयप्रकाश की इस अपील को सहृदय स्वीकार किया और उन्हें इसमें आशातीत मदद पहुँचाई।

□

नौ

वर्ष 1937 के चुनाव में कांग्रेस की सफलता के पश्चात् भारतीय राजनीति में एक ऐसा प्रकरण सामने आया, जिसने भारतीय सामाजिक व्यवस्था को हिला दिया। यह प्रकरण था—मुसलमानों का मुसलिम लीग की तरफ पलायन करना। मुसलमानों में यह धारणा बैठ गई कि कांग्रेस और कांग्रेस सोशलिस्ट पार्टी उनके अधिकारों की रक्षा नहीं कर सकती हैं। जयप्रकाश इससे विचलित हो उठे। उन्होंने सांप्रदायिक सौहार्द कायम रखने के लिए प्रयास तेज कर दिए।

जयप्रकाश ने कांग्रेस सोशलिस्ट पार्टी की स्थापना के बावजूद कांग्रेस को सुदृढ़ बनाने का प्रयास किया। उनका कहना था कि समाजवादी पक्ष का गठन कांग्रेस से प्रतिद्वंद्विता रखने हेतु नहीं, बल्कि कांग्रेस को मजबूत बनाने के लिए किया गया है।

सन् 1938 में कांग्रेस सोशलिस्ट पार्टी के लाहौर अधिवेशन में जयप्रकाश को पहली बार कांग्रेस कार्यकर्ताओं के कारनामों से धक्का पहुँचा, जब कांग्रेसियों ने तीन रंग का झंडा दिखाते हुए अपनी कांग्रेस की आंतरिक भावना को उजागर किया और जयप्रकाश से लाल झंडे के बारे में विश्लेषण करने को कहा, जो कांग्रेस सोशलिस्ट पार्टी का सांकेतिक झंडा था। जयप्रकाश ने स्पष्ट किया कि दो प्रकार के झंडों से कोई फर्क नहीं पड़ता, क्योंकि दोनों का उद्‍देश्य एक ही है—स्वतंत्रता की लड़ाई को मजबूत बनाना। दो रंगी झंडे के बीच कुछ अनौपचारिक समझौते हुए थे, परंतु कांग्रेसी तीन रंगी झंडे तले ही आंदोलन करना चाहते थे, जो जयप्रकाशजी को पसंद नहीं था, क्योंकि उनका उद्‍देश्य देश को दलगत आधार पर बनाना नहीं था, बल्कि आजादी हासिल करना था।

सितंबर 1939 में द्वितीय विश्वयुद्ध का श्रीगणेश हो चुका था। जर्मनी ने पोलैंड पर धावा बोल दिया था। ठीक उसी समय पटना के 'अंजुमन इसलामिया हॉल' में एक सभा आयोजित की गई, जिसकी अध्यक्षता आचार्य नरेंद्र देव ने की। इस बैठक में प्रथम वक्ता के रूप में संबोधित करते हुए जयप्रकाश ने कहा कि इस द्वितीय विश्वयुद्ध का न तो कोई उद्देश्य व स्वरूप है, न ही कोई ओर-छोर। यह समृद्ध एवं महत्त्वाकांक्षी राष्ट्रों द्वारा अपनी शक्ति का प्रदर्शन मात्र है, ताकि अनैतिक शक्ति का प्रयोग कर गरीब एवं कमजोर देशों को भयभीत किया जा सके और उन पर रोब गाँठा जा सके तथा विश्व स्तर पर अपनी ताकत का ढिंढोरा पीटा जा सके। इसलिए वर्तमान भारतीय परिस्थिति का आकलन करते हुए हमें तटस्थ रहना होगा। हमें युद्ध में शामिल होने से अपने आपको बचाए रखना होगा।

जयप्रकाश ने द्वितीय विश्वयुद्ध में भारत के शामिल होने का विरोध किया तथा इस युद्ध को साम्राज्यवाद के लिए लड़े जानेवाले युद्ध की संज्ञा दी और ब्रिटिश सरकार के विरुद्ध अपनी कड़ी प्रतिक्रिया व्यक्त की। अपने एक भाषण में उन्होंने कहा, "इस युद्ध में शामिल होने का अर्थ होगा अंग्रेजों का साथ देना, जो हम भारतीयों के लिए बहुत शर्मनाक होगा। हमारा उद्देश्य अंग्रेजी शासन के विरुद्ध बगावत को स्थायी अंजाम देना था, जिसने विश्व के बहुत से देशों पर अपना आधिपत्य कायम कर रखा था, उसे उखाड़ फेंकना था, अर्थात् भारत एवं भारतीयों के सामने एक सूत्री लक्ष्य है—भारत को आजाद कराना और अंग्रेजों को भारत से निकाल बाहर करना, जिसके लिए हम सभी भारतवासियों को संप्रदाय, धर्म, जाति एवं वर्ग विभेद को भुलाकर, पक्के वादे एवं सच्चे इरादे को अपनाकर, दृढ संकल्प होकर आजादी के लिए मर मिटना।"

भाषण के दौरान जयप्रकाश ने चेतावनी भरे लहजे में अंग्रेजी सत्ता को खुलेआम ललकारा। उन्होंने वहाँ लोगों से अपील करते हुए कहा कि भारत से ब्रिटिश सत्ता का खात्मा कर डालें, उसका नामोनिशान मिटा डालें। ब्रिटिश पुलिस एवं ब्रिटिश अदालत और कानून की संपूर्ण रूप से अवहेलना एवं अनादर करें।

18 फरवरी, 1940 को जमशेदपुर में उन्होंने अत्यंत ही क्रांतिकारी भाषण दिया। उन्होंने टिस्को यूनियन एवं श्रमिक संघ के लोगों को संबोधित करते हुए

कहा, ''आप लोग काम करना बंद कर दें और हड़ताल पर चले जाएँ, ताकि उत्पादन ठप हो जाए और विश्वयुद्ध में भरपाई की जानेवाली आवश्यक सामग्री उपलब्ध न हो सके।'' भारतीय लोगों के प्रति जयप्रकाश की इस अपील एवं आह्वान ने अंग्रेज प्रशासन को बिजली सा झटका दिया। अंग्रेजी सरकार अपने अपमान और आक्रोश को नियंत्रित नहीं कर पाई। फलतः इस भाषण के कारण जयप्रकाश को गिरफ्तार कर लिया गया तथा हजारीबाग जेल में डाल दिया गया। आम जनता में इस गिरफ्तारी के कारण रोष की लहर दौड़ने लगी। महात्मा गांधी, पं. नेहरू इत्यादि नेताओं ने जयप्रकाश की गिरफ्तारी की आलोचना की तथा कहा कि इससे सरकार ने सीधे टकराव की स्थिति पैदा कर दी है। जयप्रकाश की गिरफ्तारी की खबर बिजली की गति से पूरे देश में फैल गई। सभी देशवासियों का हृदय आग के अंगारे की तरह दहकने लगा और अंग्रेजों के विरुद्ध लिये जानेवाली प्रतिशोध की ज्वाला संपूर्ण भारत में अग्नि की भाँति धधकने लगी। लोग बेकाबू होकर अंग्रेजों के विरुद्ध बगावत के लिए सड़कों पर उतर आए। तोड़-फोड़ की प्रक्रिया शुरू हो गई, जो अंग्रेजी शासन के लिए सिरदर्द बन गई। अंग्रेजी हुकूमत ने इसे दबाने का बहुत प्रयास किया, परंतु विफलता ही हाथ लगी। जयप्रकाश के ओजपूर्ण भाषण और क्रांतिकारी नसीहत ने भारतीय नौजवानों को दीवाना बना दिया था। उनके अटल निर्णय एवं हठ के आगे अंग्रेजों को घुटने टेकने पड़े।

जब जयप्रकाश को अंग्रेजी प्रशासन द्वारा गिरफ्तार कर लिया गया तो वे तनिक भी विचलित नहीं हुए, बल्कि पूर्व की भाँति ही सामान्य और अडिग दिखे। वे अपने आपको पूर्ण रूप से देश के लिए अर्पण कर चुके थे। 15 मार्च, 1940 को उन्हें अंग्रेज मजिस्ट्रेट की अदालत में पेश किया गया। जयप्रकाश ने मजिस्ट्रेट को लिखित बयान दिया कि—

'मेरा देश व देशवासी किसी भी कीमत पर एवं किसी भी तरह से इस विश्वयुद्ध में अपनी भागीदारी नहीं निभाना चाहते हैं; क्योंकि ऐसा करना अंग्रेजी साम्राज्यवाद को बढ़ावा एवं संरक्षण दिए जाने के समान होगा, साथ ही यह फैसला हम भारतवासियों के लिए विषपान करने के जैसा होगा। क्या हम भारतीय इतने नादान-गँवार हैं कि अपने ही हाथों विषैले सर्प को दूध पिलाएँगे, जिसने हमें

परतंत्रता की जंजीर में जकड़कर स्वच्छंद साँस लेना भी गुनाह बना दिया है।' उन्होंने कहा, ''हम सभी भारतीयों की चुनौती संयुक्त रूप से प्रत्यक्षत: वैसे तंत्रों से है, जो विश्व-विजय की आकांक्षा से स्वार्थपूर्ण, जघन्य एवं घृणित कार्यों को कर रहे हैं।'' जयप्रकाश के इस बयान से साफ झलकता है कि उनमें देशभक्ति की भावना कूट-कूटकर भरी थी। अदालत में उन्होंने बहुत ही लंबा बयान दिया। यह जानते हुए भी कि अंग्रेजी सत्ता में उनके विरुद्ध बगावत की आवाज उठाना मौत को निमंत्रण देना है, फिर भी जे.पी. इस दुस्साहसपूर्ण बयान को देने में तिल भर भी पीछे नहीं रहे।

गांधीजी ने उनके बयान को 'हरिजन' नामक समाचार-पत्र के प्रथम पृष्ठ पर प्रकाशित किया। गांधीजी ने उनके बयान से प्रभावित होकर खुद ही लिखा कि जयप्रकाश के बयान का अंतिम भाग देश एवं देशवासियों के प्रति उनकी असीम ममता और स्नेह को दरशाता है। देश की गुलामी से प्रभावित उनके हृदय की वेदना ने उन्हें घायल शेर की स्थिति में ला दिया था और वे अंग्रेज प्रशासन की आँखों में काँटे की तरह चुभने लगे और तब तक चुभते रहेंगे, जब तक देश आजाद नहीं हो जाएगा।

वर्ष 1940 के अंत में जयप्रकाश को जेल से रिहा कर दिया गया। जेल से

बाहर आने के बाद जयप्रकाश ने जगह–जगह जाकर अंग्रेजों के विरुद्ध जनमत बनाना शुरू किया। विभिन्न राज्यों में गुप्त संस्थाएँ स्थापित की गईं। इसी कारण, उन्हें बंबई में गिरफ्तार कर लिया गया। यहाँ से बिना कोई मुकदमा चलाए, उन्हें 23 अप्रैल, 1940 को राजस्थान के देवली कैंप में डाल दिया गया। यहाँ पर पूरे भारत के लगभग पाँच सौ राजनीतिक कैदी व क्रांतिकारी जमा थे।

देवली कैंप में उन्होंने कैदियों की दयनीय स्थिति को देखकर माँग रखी कि कैदियों को अपने प्रांतों की जेलों में भेज दिया जाए। अपनी इस माँग के समर्थन में उन्होंने आमरण अनशन शुरू कर दिया। गांधीजी ने भी जयप्रकाश की माँगों और अनशन का समर्थन किया। इस अनशन में जयप्रकाश के साथ लगभग दो सौ कैदियों ने भी भाग लिया था। सरकार को माँग के आगे झुकना पड़ा। सभी कैदियों को अपने–अपने प्रांत की जेलों में भेज दिया गया। इसके साथ ही देवली कैंप को समाप्त कर दिया गया।

देश भर में अंग्रेजों के खिलाफ भड़के असंतोष को दबाने के लिए ब्रिटेन से 23 मार्च, 1942 को सर स्टैफर्ड क्रिप्स के नेतृत्व में क्रिप्स मिशन को भारत भेजा गया। क्रिप्स मिशन की कांग्रेसी नेताओं से बातचीत असफल रही। 2 अप्रैल को कांग्रेस कार्यकारिणी ने भी क्रिप्स मिशन के प्रस्तावों के प्रति असहमति जताई।

क्रिप्स मिशन की असफलता ने वार्त्ता के सारे अवसर खत्म कर दिए। आजादी के लिए अब सीधे संघर्ष की तैयारी होने लगी। गांधीजी ने विभिन्न भाषणों द्वारा ब्रिटिश सरकार को आनेवाले संग्राम की चेतावनी दे डाली। इसी घटनाक्रम के बाद, 6 अगस्त के दिन बंबई में 'भारत छोड़ो' प्रस्ताव पारित हो गया। गांधीजी ने राष्ट्र के नाम संदेश में लोगों से आह्वान किया—करो या मरो। अगले दिन 9 अगस्त को सुबह गांधीजी को गिरफ्तार कर लिया गया।

जेल में बंद जयप्रकाश का हृदय इस आंदोलन में भाग लेने के लिए व्याकुल हो उठा। उन्होंने अपने कुछ साथियों के साथ जेल से भाग निकलने की योजना बनाई। भागनेवाले कैदियों में जयप्रकाश के अलावा शालिग्राम सिंह, योगेंद्र शुक्ल, सूर्यनारायण सिंह, रामनंदन मिश्र, गुलाबचंद गुप्त इत्यादि थे।

योजनानुसार 8 नवंबर, 1942 को जेल से भागना तय किया गया। 8 नवंबर दीपावली का दिन था। दीपावली के माहौल का लाभ उठाकर इस कार्य

को अंजाम दिया गया। एक के ऊपर एक चढ़कर उन लोगों ने मानव सीढ़ी का निर्माण किया। जिस व्यक्ति ने 17 फीट ऊँची दीवार को सबसे पहले पार किया, उसने गाँठ लगी धोती का एक सिरा स्वयं पकड़ा और दूसरा सिरा नीचे लटका दिया। उस धोती से लटककर अन्य लोग भी दीवार को पार कर गए। जेल से बंदियों की फरारी से सरकारी महकमे में हड़कंप मच गया। सरकार ने फरार सारे कैदियों को खतरनाक मुजरिम घोषित करते हुए उन्हें जिंदा या मुर्दा पकड़नेवाले या पकड़ने में सहयोग करनेवाले के लिए 5 हजार रुपए इनाम की घोषणा कर दी। इनाम की यह राशि जयप्रकाश के लिए 10 हजार रुपए कर दी गई।

आजादी की भावना से परिपूर्ण जयप्रकाश को अपने लिए हित-अनहित सोचने का वक्त कहाँ था? अंग्रेजों द्वारा दी जानेवाली निरंतर यातनाओं ने उनके शरीर में ईंधन का काम किया और वे अपने मिशन के प्रति इतने सक्रिय हो गए कि जेल में भी खाली नहीं बैठे। जेल से ही भयंकर योजनाओं को अंजाम देते रहे। जेल में उन्होंने अपने मस्तिष्क में भारत को आजाद करने का नक्शा तैयार कर लिया। उन्होंने आजादी के लिए देश के सभी प्रांतों एवं भूभागों को संगठनात्मक कड़ी में जोड़ने की अनिवार्यता महसूस की। जेल में ही उन्हें देश के किसी भी कोने में घटित घटना एवं आंदोलन की सूचना पहुँचती थी।

जेल से फरार जयप्रकाश गया, मुगलसराय होते हुए बनारस पहुँचे। बनारस पहुँचकर जयप्रकाश उन लोगों से मिले, जो उत्तर भारत में अगस्त क्रांति को संचालित कर रहे थे, पर यहाँ के नेतृत्व से उनका मतभेद हो गया और वे बंबई की ओर चल पड़े। बंबई पहुँचने के बाद उन्होंने अंग्रेजी सत्ता से अपनी सुरक्षा एवं बचाव को पहली प्राथमिकता देते हुए एक परिचित यूरोपियन मित्र के यहाँ शरण ली। अंग्रेज पुलिस से बचने के लिए वे सदैव अपने ठहरने की जगह एवं वेश बदलते रहते थे, ताकि उनके छुपे रहने की खबर अंग्रेज प्रशासन को न मिल सके। जयप्रकाशजी इस दौरान अपना नाम भी बदलते रहते थे। इसी दौरान वे यूसुफ अली, लोहिया, पटवर्धन, अरुणा आसफ अली, दिनकर इत्यादि अच्छे लोगों से संपर्क बनाने में सफल हुए। मेहर अली तो उस समय बंबई के मेयर भी थे। ये सारे क्रांतिकारी भावना से ओत-प्रोत थे और आजादी के लिए प्रयत्नशील थे। ये लोग अपनी योजना को अति गुप्त रूप से अंजाम देने के पक्ष

में थे। इन लोगों ने योजना बनाई कि प्रशासनिक भवनों, पुलिस मुख्यालयों एवं प्रमुख कार्यालयों पर आंदोलनकारियों द्वारा सम्मिलित रूप से धावा बोलकर क्षति पहुँचाई जाए एवं प्रमुख दस्तावेजों को जला दिया जाए, जिससे अंग्रेजी हुकूमत का मानसिक तनाव बढ़ जाए और वह सोचने पर मजबूर हो जाए।

उन्होंने समाजवादियों का नेतृत्व सँभालते हुए छात्रों, स्वतंत्रता सेनानियों और किसानों से आह्वान किया कि वे इस संग्राम की घड़ी में देश को परतंत्रता की बेड़ी से मुक्त करवाने के लिए अंग्रेजी सरकार पर टूट पड़ें, पर इस वक्त भी उन्होंने यह हिदायत दी कि हिंसा नहीं होनी चाहिए।

□

दस

जयप्रकाश की इस फरारी ने उनके आंदोलन में सक्रिय रूप से शामिल स्वतंत्रता सेनानियों में नए प्राण फूँक दिए। लोगों में उत्साह की भावना का प्रवाह होने लगा और ऐसा लगने लगा, जैसे जनमानस इस बार अंग्रेजी सत्ता को उखाड़ ही फेंकेगा। जयप्रकाश की फरारी ने भारतीय आंदोलनकारियों के लिए आग में घी का काम किया। आंदोलन ने उग्र रूप धारण कर लिया। आंदोलनकारी इस प्रकार उतावले हो गए थे, जैसे मतवाला हाथी। क्रांतिकारी लोग अपनी सुख-सुविधाओं, यहाँ तक कि अपनी मौलिक आवश्यकताओं की भी परवाह नहीं कर रहे थे।

जयप्रकाश बंबई से बिहार के सहरसा जिले में पहुँचे तथा वहाँ से पुलिस की आँखों में धूल झोंकते हुए नेपाल जा पहुँचे। अब तक जयप्रकाश अपने आपको पूर्णतः क्रांतिकारी के रूप में परिणत कर चुके थे। वे अंग्रेजी प्रशासन को प्रत्येक मामले में विफल कर देना चाहते थे। वे चाहते थे कि ऐसी भयानक घटना को अंजाम दिया जाए कि अंग्रेज परेशान हो जाएँ। जयप्रकाश उनके कार्यालय एवं अदालतों को पूर्णतः बंद करा देना चाहते थे। उनके प्रशासकीय तंत्र को बिल्कुल पंगु कर देना चाहते थे। इसके लिए वे धर्म, जाति एवं वर्ग विभेद को भूलकर व्यापक पैमाने पर आंदोलनकारियों का मजबूत संगठन बनाना चाहते थे, जो कि सिर्फ आजादी के लिए लड़े। जयप्रकाश को अंग्रेजों के चरित्र, स्वभाव, प्रकृति एवं बेईमान इरादे का अनुभव हो चुका था। वे जानते थे कि जब तक अंग्रेजों की प्रत्येक काररवाई का जवाब प्रत्यक्ष रूप से नहीं दिया जाएगा, तब तक वे भारत को आजाद नहीं करेंगे। वार्त्ता और अहिंसात्मक काररवाई से अंग्रेजों के कानों

पर जूँ नहीं रेंगनेवाली है। इसलिए जब तक इनके संपूर्ण परिचालन को ठप नहीं किया जाएगा, प्रशासनिक एवं अदालती काररवाई को चोट नहीं पहुँचाई जाएगी, तब तक वे भारत की गुलामी रूपी जंजीर के ताले नहीं खोल पाएँगे। इसलिए संपूर्ण देश में एक महान् क्रांतिकारी लहर पैदा कर, उन्माद को बढ़ाकर अंग्रेजों के विरुद्ध परचम लहरा देना चाहते थे। वे पूरे देश में क्रांतिकारियों का जाल बिछा देना चाहते थे, ताकि अंग्रेजों का भारत में करवट भी बदलना मुश्किल हो जाए। उनका मानना था कि इसके लिए वे अहिंसा के रास्ते से हटकर हिंसा का रास्ता भी अपनाने के लिए तैयार थे। देश की आजादी के लिए सब जायज है। अपनी इसी योजना को कार्यान्वित करने के लिए वे बंबई से सहरसा की ओर पलायन कर गए।

सहरसा से वे नेपाल कैसे पहुँचे, इसके लिए उन्हें रोचकतापूर्ण नाटकीय ढंग को अंजाम देना पड़ा। वस्तुस्थिति यह थी कि पुलिस उनके पीछे लगी थी, इसलिए पुलिस की आँखों में धूल झोंककर, छल का सहारा लेते हुए जयप्रकाश दूल्हे की पोशाक धारण कर और विजय पटवर्धन दुल्हन की पोशाक धारण कर हाथी पर सवार होकर सुरक्षित ढंग से पुलिस की नजरों से अपने आपको बचाते हुए नेपाल पहुँचे। नेपाल में जयप्रकाश ने 'आजाद दस्ते' का गठन किया। आजाद दस्ते के क्रांतिकारियों को प्रशिक्षण देने हेतु हनुमान नगर में व्यवस्था की गई।

परंतु, इधर जयप्रकाश का स्वास्थ्य निरंतर गिरता जा रहा था। कार्य की अधिकता से उन्हें आराम करने का समय नहीं मिल पा रहा था। इसी बीच, बंगाल में अकाल पड़ गया। बंगाल में भयानक भुखमरी फैल गई, जिसके बारे में सुनकर जयप्रकाश को झटका लगा। बंगाल जाकर उन्होंने वहाँ के लोगों को राहत पहुँचाने एवं सहयोग और सेवा प्रदान करने की ठानी तथा इसके लिए तैयारी भी की, परंतु इसी दौरान उन्हें मलेरिया बुखार ने जकड़ लिया, मजबूरन उन्हें निर्णय बदलना पड़ा।

'दस्ते' दिन दूना, रात चौगुना ताकतवर एवं विस्तृत होते गए। उनका काम सत्ता के प्रतिष्ठानों पर हमला करना और सरकारी मशीनरी को नुकसान पहुँचाना था। यहाँ पर भी जयप्रकाश ने स्पष्ट रूप से हिदायत दी कि हिंसा नहीं की जाएगी

तथा इस दस्ते का उद्देश्य सिर्फ तोड़-फोड़ करना था, सार्वजनिक स्थानों पर हमला करके किसी की जान को नुकसान पहुँचाना नहीं। उन्होंने लोगों को सख्त हिदायत दी थी कि वे इस प्रकार के कामों में संलग्न न हों।

'आजाद दस्ते' के कामों तथा इसके प्रशिक्षण केंद्र के नेपाल में होने की भनक इस बीच ब्रिटिश सरकार को लग गई। ब्रिटिश सरकार के दबाव के कारण जयप्रकाश, लोहिया और 'आजाद दस्ते' के अन्य पाँच लोगों को गिरफ्तार कर लिया गया, पर हनुमान नगर में ही 'आजाद दस्ते' के क्रांतिकारियों ने हमला करके उन सभी को पुलिस के चंगुल से आजाद करवा लिया।

स्थिति की गंभीरता तथा खतरे को भाँपकर जयप्रकाश नेपाल से दिल्ली आ गए। दिल्ली से क्रांतिकारी कार्यविधि चलाने में अफगानिस्तानियों से सहायता लेने के उद्देश्य से, वे रावलपिंडी के लिए रवाना हुए। इस यात्रा के दौरान उन्होंने बहुत ही सावधानी बरतते हुए स्टेशन पर अखबार लिया और एक कप चाय पीने की इच्छा जाहिर की; परंतु इसी समय उनके पास सादी वरदी में एक अंग्रेज और दो सिख पुलिस जवान पहुँचे। अंग्रेज कोई और नहीं, बल्कि लाहौर का पुलिस अधीक्षक विलियम रॉबिंसन था, जिसने उनसे पूछा, "क्या तुम जयप्रकाश नारायण हो?"

जयप्रकाश ने उत्तर दिया, "नहीं सर, मैं एस.पी. मेहता हूँ।"

फिर अंग्रेज पुलिस अधीक्षक ने पूछा, "तुम कहाँ जा रहे हो?"

जयप्रकाश ने जवाब दिया, "रावलपिंडी जा रहा हूँ।"

पुलिस अधीक्षक ने पूछा, "तुम्हारे और साथी कहाँ हैं?"

जयप्रकाश ने जवाब दिया, "मेरे कोई भी साथी नहीं हैं, मैं अकेला हूँ।"

तब उसने पूछा, "तो फिर तुम पीछे मुड़कर बार-बार किसे देखते थे?"

जयप्रकाश ने जवाब दिया, "किसी को नहीं सर, यह आपका भ्रम है।"

परंतु वह उन्हें अच्छी तरह पहचान चुका था। दिल्ली से उनके पीछे खुफिया पुलिस लगा दी गई थी। पुलिस ने कहा कि तुम गलत बोल रहे हो, तुम निश्चित रूप से जयप्रकाश हो और फिर बिना समय गँवाए पुलिस ऑफिसर तथा लाहौर के एस.पी. विलियम रॉबिंसन ने ट्रेन में ही जयप्रकाश को गिरफ्तार कर लिया।

गिरफ्तार करके जयप्रकाश को लाहौर के किले में डाल दिया गया, जहाँ यातनाओं का दौर शुरू हो गया। एक महीने तक उन्हें एकांत काल कोठरी में रखा गया। उसी कोठरी में उन्हें खाना-पीना, पेशाब-पाखाना सब करना था।

उनसे बार-बार उनके साथियों के बारे में पूछा गया, पर उन्होंने कुछ भी बताने से इनकार कर दिया तथा बार-बार यही कहा कि वे उतना ही जानते हैं, जितना कि पुलिस। इस बारे में उन्होंने लिखा था, 'मैं उन प्रश्नों का उत्तर देने के लिए तैयार था, जिनका संबंध मेरी गुप्त गतिविधियों से नहीं था। मुझे इससे अधिक कुछ नहीं कहना था कि मैं भारत में ब्रिटिश साम्राज्य का शत्रु था। मैं अपने देश की स्वाधीनता के लिए काम कर रहा था और ऐसा करता रहूँगा, जब तक मेरे उद्देश्य की पूर्ति नहीं हो जाती या मेरी मृत्यु नहीं हो जाती।'

यातनागृह में उन्हें एक कुरसी पर बैठाकर उनके दोनों हाथ पीछे बाँध दिए गए। इस हालात में उन्हें करीब दस दिनों तक रखा गया। उन्हें सोने नहीं दिया जाता। जैसे ही झपकी लगती, गाल पर जोर से चाँटा मारा जाता या किसी प्रकार

का शोर करके उन्हें उठा दिया जाता था। उन्हें प्रतिदिन लगभग 14 से 19 घंटे तक यातना दी जाती थी।

उस यातना को याद करके जयप्रकाश ने लिखा, 'मैं महसूस करता हूँ कि कहीं मैं खूँखार जानवर में न बदल जाऊँ। ऐसा लगता है, मेरे अंदर बैर और बदला लेने की धधकती पाशविक ज्वालाएँ उठ रही हैं। अपनी मानवता को बनाए रखने के लिए मुझे अपने साथ जूझना पड़ा।' उस किले की जेल को उन्होंने भारत सरकार का टॉर्चर हाउस भी कहा।

यातनाओं का वह दौर करीब 45 दिनों तक चलता रहा। जब इन सबका उन पर कोई असर नहीं हुआ तो अंत में पूछताछ बंद कर दी गई और उन्हें एक अच्छे कमरे में रखा जाने लगा तथा अखबार इत्यादि दिए जाने लगे। एकांत को दूर करने के लिए उन्हें लाहौर जेल में ही बंदी राममनोहर लोहिया से मिलवाया गया। लोहिया से मिलकर जयप्रकाश की खुशी का ठिकाना नहीं रहा।

जब बाहर के लोगों को पता चला कि जेल में जयप्रकाश पर अत्याचार हो रहा है तो पूर्णिया पारड़ीवाला, पुरुषोत्तम जिकमदास और पूर्णतया बनर्जी आदि लोगों ने लाहौर उच्च न्यायालय में अपील दायर कर दी। इधर लोहिया ने भी ब्रिटिश लेबर पार्टी के अध्यक्ष प्रो. हेराल्ड जे. लास्की के नाम पत्र लिखा और इन यातनाओं का जिक्र किया। इस पत्र को गुप्त रूप से जेल से बाहर भिजवा दिया गया।

इन कारणों के फलस्वरूप 16 महीने लाहौर जेल में रहने के पश्चात्, जनवरी 1945 में जयप्रकाश तथा लोहिया को आगरा जेल में स्थानांतरित कर दिया गया। कुछ दिनों बाद ब्रिटिश सांसदों का एक शिष्टमंडल भारत आया। शिष्टमंडल के प्रमुख रिनोल्ड जयप्रकाश और लोहिया से जेल में मिलने गए। भारत सरकार का होम मेनर भी उनके साथ था।

हिंसा-अहिंसा के पक्ष पर स्पष्टीकरण करने को कहा जाने पर जयप्रकाश ने कहा कि उनका उद्देश्य आजादी है, जो यदि अहिंसा से मिली तो ठीक, परंतु अगर जरूरत पड़ी तो वे हिंसा से प्राप्त करने से भी नहीं हिचकेंगे।

विवश होकर 11 अप्रैल, 1946 को जयप्रकाश और लोहिया को रिहा कर दिया गया। यहाँ से वे दिल्ली गए, जहाँ जनता ने उनका भव्य स्वागत किया।

इसके पश्चात् बनारस होते हुए, वे पटना पहुँचे। पटना के गांधी मैदान (जो उस समय बाँकीपुर मैदान के नाम से जाना जाता था) में उनका भव्य स्वागत किया गया। लगभग 1 लाख लोगों की भीड़ जुटी थी। सभा की अध्यक्षता बिहार के प्रथम मुख्यमंत्री श्रीकृष्ण सिंह ने की थी। सभा का प्रारंभ करते हुए राष्ट्रकवि रामधारी सिंह 'दिनकर' ने जयप्रकाश पर लिखी अपनी कविता सुनाई। श्रीकृष्ण सिंह ने उन्हें 'युवकों का हृदय सम्राट्' कहा।

इस अवसर पर जयप्रकाश नारायण ने ओजपूर्ण भाषण दिया। उन्होंने अपने स्वागत को अपना सम्मान नहीं, बल्कि अगस्त क्रांति के प्रति अभिनंदन कहा तथा कहा, ''मैं जब जेल में था, तब अकसर इस बात की चिंता करता था कि जेल से छूटकर जब मैं स्वतंत्र होऊँगा तो कैसे और किन लोगों के साथ काम करूँगा। आप लोगों के उल्लास भरे स्वागत ुझे यह विश्वास दिला दिया है कि आजादी की लड़ाई में आप सब मेरे साथ हैं।''

उन्होंने लोगों से कहा, ''सरकार तैयारी में लगी हुई है। पुलिस थाने शस्त्रों से भरे जा रहे हैं। हमें भी तैयार हो जाना चाहिए।''

अगस्त क्रांति को हिंसात्मक आंदोलन कहकर आलोचना करनेवाले कांग्रेसी नेताओं की जमकर खिंचाई करते हुए उन्होंने कहा, ''ऐसी क्रांति किसी भी देश में बहुत कम होती है। यह एक अपूर्व स्थिति थी और कांग्रेस इसका पूर्ण सदुपयोग नहीं कर सकी। करीब 40 हजार लोगों ने अपने प्राणों का बलिदान कर दिया और हम पर अब अभियोग लगाया जा रहा है कि हमने अहिंसा का पालन नहीं किया।'' उन्होंने गांधीजी की अहिंसा पर अपना गहरा विश्वास जताया, पर साथ ही यह भी कहा कि 'आजादी के लिए अगर हिंसा का रास्ता भी अपनाना पड़ा तो मैं इसके लिए तैयार हूँ।'

□

ग्यारह

जुलाई 1946 में, कांग्रेस को वायसराय द्वारा अंतरिम सरकार बनाने के लिए आमंत्रित किया गया तथा कांग्रेस ने इस आमंत्रण को स्वीकार करते हुए राष्ट्रमंडल में प्रवेश स्वीकार कर लिया। जयप्रकाश नारायण ने इस निर्णय का कड़ा विरोध किया और कहा कि कांग्रेस अपने क्रांतिकारी स्वरूप को छोड़ती जा रही है। जयप्रकाश की नजर में कांग्रेस को आजादी से ज्यादा सत्ता प्रिय होती जा रही थी। कांग्रेस अपना वास्तविक रूप छोड़ती जा रही थी। वह आँख मूँदकर अंग्रेजों की शर्त एवं समझौते पर हामी भरती जा रही थी, जो सत्ता-लोलुपता का परिचायक था। कांग्रेस की दृष्टि वर्तमान पर थी, देश के भविष्य पर नहीं। यही कारण था कि जयप्रकाश के बहुत करीब रहनेवाली कांग्रेस अब उनसे दूरी बरतने लगी थी।

स्वतंत्रता आंदोलन में अभी भारत को सफलता भी नहीं मिली थी, उसके पहले ही अंग्रेजों ने भारत में बँटवारे का बीज बो दिया। देश में सांप्रदायिक दंगे फैला दिए गए। धार्मिक उन्माद को बढ़ावा दिया गया, ताकि भारत छिन्न-भिन्न एवं कमजोर हो जाए। यह सांप्रदायिक भावावेश न रुकनेवाला प्रतिफल था। येन-केन-प्रकारेण कुछ समय उपरांत भारत को आजादी मिली; परंतु अखंड भारत के रूप में नहीं, विखंडित भारत व पाकिस्तान के रूप में। फलतः संपूर्ण दिखनेवाला भारत अपंग सा प्रतीत होने लगा, जिसकी दूरी एवं खाई को कम करने में अभी तक सफलता नहीं मिली है। 1946 के करीब इस सांप्रदायिकता ने भयानक रूप धारण कर लिया।

वर्ष 1946 में, देश में आजादी का संघर्ष तो चल ही रहा था, पर साथ-

ही-साथ सांप्रदायिक और अलगाववादी शक्तियों ने अपना वीभत्स रूप दिखाना शुरू कर दिया था। देश के विभाजन तथा अन्य मुद्दों को लेकर सांप्रदायिक दंगों की शुरुआत हो चुकी थी। सन् 1946 में, बिहार में भयंकर सांप्रदायिक दंगे हुए। जयप्रकाश ने अपने प्राणों की परवाह नहीं की और दंगा-पीड़ित क्षेत्रों में निकल गए। स्थिति की भयानकता को देखकर उनका कोमल और करुण हृदय विचलित हो उठा। हिलसा थाना क्षेत्र में, एक गाँव में मुसलमानों का भयानक कत्लेआम देखकर वे अपने रोष को दबा न सके तथा गाँव के लोगों को इस अमानवीय कार्य के लिए बहुत धिक्कारा। जब किसी ने उनसे कहा कि यह नोआखाली का बदला है, तो उन्होंने कहा, ''इनमें से कौन गया था नोआखाली में हिदुओं का कत्ल करने? वहाँ का बदला आपने यहाँ लिया, बेकसूरों से। फिर यहाँ का बदला पंजाब में लिया जाएगा और पंजाब का यू.पी. में। याद रखिए, अगर बदले का यही सिलसिला चलता रहा तो पूरे देश के शहर-शहर में, गाँव-गाँव में लोग मारे जाएँगे, घर जलाए जाएँगे। पूरा देश जल जाएगा। भारत तबाह हो जाएगा।''

जयप्रकाश ने गाँव के लोगों का जलपान करने का निवेदन ठुकरा दिया

और कहा, ''मैं यहाँ का पानी भी नहीं पी सकता।''

इसी समय धर्म के आधार पर देश के विभाजन का खतरा सच्चाई में बदलता दिखाई दे रहा था। कांग्रेस भी धीरे-धीरे इस विभाजन को स्वीकार करती दिख रही थी। जयप्रकाश कांग्रेस की इन नीतियों से खिन्न हो उठे और अपनी पार्टी कांग्रेस सोशलिस्ट पार्टी से 'कांग्रेस' शब्द हटाकर उन्होंने अपना विरोध व्यक्त किया तथा साथ ही, फरवरी 1947 में कानपुर में समाजवादियों के सम्मेलन में यह भी घोषणा कर दी गई कि सोशलिस्ट पार्टी में सदस्य बनने के लिए कांग्रेस का सदस्य होना अब जरूरी नहीं है।

इसी बीच आजादी देश में एकता को खंडित करती हुई आई। 15 अगस्त, 1947 को देश तो स्वतंत्र हो गया, पर देश दो खंडों में बँट गया—भारत और पाकिस्तान, साथ ही पूरा देश सांप्रदायिक दंगों की चपेट में आ गया।

जयप्रकाश कांग्रेस की नीतियों से और भी उद्विग्न हो उठे तथा उन्होंने आरोप लगाया कि आजादी के पश्चात् कांग्रेस सिर्फ सत्ता के एक केंद्र में बदल गई है। गांधीजी ने जयप्रकाश को कांग्रेस की अध्यक्षता के लिए आमंत्रित किया। कांग्रेस के कुछ गुटों ने बड़ी चतुराई से ऐसा नहीं होने दिया। इसी समय भारतीय राजनीतिक पटल पर एक ऐसी घटना हुई, जिसने भारतीय राजनीति में शून्य की स्थिति पैदा कर दी। 30 जनवरी, 1948 को दिल्ली में महात्मा गांधी की गोली मारकर हत्या कर दी गई। ऐसा लगने लगा, जैसे समय रुक सा गया हो।

गांधीजी की मृत्यु के पश्चात् समाजवादियों और कांग्रेस के बीच संबंध पूरी तरह से टूट गए। कांग्रेस ने कहा कि कोई भी व्यक्ति, जो किसी दूसरी पार्टी का सदस्य है, कांग्रेस का सदस्य नहीं बन सकेगा। बदले में समाजवादियों ने मार्च 1948 में वार्षिक सम्मेलन का आयोजन किया तथा कांग्रेस त्यागने का निर्णय किया। सोशलिस्ट पार्टी ने एक प्रस्ताव पारित किया तथा उसमें कांग्रेस की कड़ी आलोचना करते हुए कहा गया कि गांधीजी कांग्रेस को जन-सेवक का छाता बनाना चाहते थे, उसे लोक सेवक संघ का रूप देना चाहते थे, पर कांग्रेस ने अपने आपको राजनीतिक दल में बदल डाला है, जिसका एकमात्र लक्ष्य सत्ता में रहना हो गया है। प्रस्ताव में कहा गया कि

जहाँ कांग्रेस से सोशलिस्टों को निकाला जा रहा है, वहीं दूसरी ओर पूँजीपतियों और संप्रदायवादियों को शामिल किया जा रहा है।

जयप्रकाश और लोहिया ने इस प्रकार कांग्रेस में व्याप्त सत्ता-मोह तथा भ्रष्टाचार के खिलाफ मोरचा खोल दिया। सदाचार, संयम और सच्चाई को राजनीति का मुख्य आधार माननेवाले दोनों नेताओं ने किसी भी परिस्थिति में इन आधारभूत बातों का साथ न छोड़ने की मानो कसम खा ली थी। उनके इन गुणों का उनके प्रबल विरोधी भी सम्मान करते थे।

उनका कहना था कि 'मेरे पिछले जीवन का रास्ता बाहर के लोगों को भले ही टेढ़ा-मेढ़ा और पेचीदा लगे, वे उसे अनिश्चित और अंधकार में टटोलना समझें, पर जब मैं अपने अतीत पर दृष्टि डालता हूँ तो मुझे उसमें विकास की एक अटूट रेखा दिखाई देती है। उसमें राह खोजने का प्रयत्न था, इससे इनकार नहीं किया जा सकता, लेकिन वह अंधकारमय हरगिज नहीं था। उसमें एक ऐसी पूर्ण ज्योति थी, जो शुरू से न तो कभी धुँधली पड़ी, न ही बदली और जो बराबर इस पेचीदा दिखनेवाले मेरे रास्ते पर मेरा मार्गदर्शन करती रही है।

'शुरू में, मैं कट्टर राष्ट्रवादी था। मेरा झुकाव क्रांतिकारी तरीकों की ओर था। उस समय बंगाल इसमें सबसे आगे था। तो भी दक्षिण अफ्रीका के सत्याग्रह के इतिहास ने मेरे तरुण हृदय को मुग्ध कर लिया था। मेरे क्रांतिकारी विचार अभी पक्के नहीं हो पाए थे कि गांधीजी का प्रथम सत्याग्रह आंदोलन एक चढ़ते तूफान की तरह सारे देश में छा गया। उस जमाने के उन हजारों नौजवानों में से मैं भी एक था, जो सूखी पत्तियों की तरह उस तूफान में उड़कर कुछ देर के लिए आकाश में पहुँच गए थे।

'गांधीजी के जीवनकाल में तो उनके बहुत सारे कार्यों और विचारों का मैं आलोचक ही रहा हूँ। राजनीतिक अस्त्र के रूप में अहिंसा कितनी सफल हो सकती है, इस वाद-विवाद में जेलों में हमने कई रातें बिताई हैं। उन दिनों मेरे मन में यह बात जम चुकी थी कि घोर निद्रा में डूबे हमारे बदनसीब राष्ट्र को जाग्रत् करने और उसे क्रियाशील बनाने के लिए सविनय अवज्ञा आंदोलन तथा जेलों को भरने का कार्यक्रम एक अच्छी व्यूह-रचना हो सकती है, लेकिन स्वतंत्रता प्राप्ति की अंतिम लड़ाई में तो हिंसा का सहारा लिये बिना

कोई चारा नहीं है, लेकिन बाद में जो घटनाएँ घटित होती गईं, उन्होंने मेरी इस मान्यता को गलत ठहराया। इतना ही नहीं, बल्कि राजनीतिक अस्त्र और समाज परिवर्तन के साधन के रूप में अहिंसा की सफलता के संबंध में मुझे एक नई प्रतीति हुई।'

अगस्त 1951 में सोशलिस्ट पार्टी की कार्यकारिणी की बैठक राँची में हुई। 1952 में होनेवाले पहले लोकसभा आम चुनाव को लेकर इस बैठक में भारी विवाद हुआ था। जयप्रकाश नारायण पार्टी के वरिष्ठ सदस्यों द्वारा चुनाव लड़ने के खिलाफ थे। बाकी सदस्यों ने बहुमत से उनके इस विचार को अस्वीकार कर दिया। जयप्रकाश का कहना था कि पार्टी के वरिष्ठ सदस्यों को चुनाव लड़ने के बजाय संगठन को मजबूत करने में योगदान देना चाहिए।

सोशलिस्ट पार्टी ने पूरा जोर लगाकर चुनावों में भाग लिया। जमींदारी उन्मूलन, विदेशी पूँजी निवेश का राष्ट्रीयकरण, शीतयुद्ध की समाप्ति जैसे मुद्दों के आधार पर चुनाव में लड़ने के बावजूद पार्टी का प्रदर्शन अत्यंत निराशाजनक रहा। सोशलिस्ट पार्टी 12 सीटों पर ही विजय हासिल कर सकी। कांग्रेस ने 302 सीटों पर विजय हासिल की तथा भारतीय कम्युनिस्ट पार्टी 27 सीटों के साथ द्वितीय स्थान पर रही।

इस घटना के बावजूद जयप्रकाश निराश नहीं हुए। उनका मानना था कि देश-सेवा एवं समाज-सेवा करने के लिए चुनाव जीतना कोई जरूरी नहीं, बल्कि होनी चाहिए।

सितंबर 1952 में जयप्रकाश एवं किसान मजदूर प्रजा पार्टी के नेता आचार्य जे.बी. कृपलानी के आपसी बातचीत के फलस्वरूप सोशलिस्ट पार्टी एवं किसान-मजदूर प्रजा पार्टी को एक साथ मिलाकर 'प्रजा सोशलिस्ट पार्टी' का गठन किया गया। संसद् में प्रजा सोशलिस्ट पार्टी के सदस्यों की संख्या दोनों दलों के सांसदों को मिलाकर 18 हो गई।

कांग्रेस और समाजवादी लोग पूरी तरह से एक-दूसरे से टूट चुके थे तथा उनमें आपसी संबंध बनने के कोई आसार नहीं दिख रहे थे। इसी समय, फरवरी, 1953 में नेहरू ने जयप्रकाश को बातचीत के लिए आमंत्रित किया तथा साथ ही मंत्रिमंडल में शामिल होने का निमंत्रण भी दिया। जयप्रकाश ने

4 मार्च, 1957 को नेहरू को पत्र के द्वारा जवाब दिया। उसमें अन्य बातों के अलावा जयप्रकाश ने मंत्रिमंडल में शामिल होने के लिए 14 शर्तों का भी उल्लेख किया। नेहरू ने उन शर्तों को मानने में अपनी मजबूरी प्रकट कर दी, खासकर जयप्रकाश द्वारा मौलिक संविधान के संशोधन के लिए उन्होंने पूरी तरह से असमर्थता जताई। इस प्रकार, जयप्रकाश और नेहरू के बीच वार्त्ता की जो आशा थी, वह पूरी तरह से धूमिल हो गई।

□

बारह

कभी संयुक्त रूप में कार्य-अंजाम देनेवाली कांग्रेस और जे.पी. की सोशलिस्ट पार्टी में काफी दूरियाँ व्याप्त हो गई थीं, जिसमें इस घटना ने और भी प्रतिकूल भूमिका निभाई, जब नेहरू ने सरकार में शामिल होने के लिए जयप्रकाश की शर्तें मानने से इनकार कर दिया। इस बरताव ने जयप्रकाश के मानस-पटल में भारतीय राजनीति से विलगाव पैदा कर दिया और उन्होंने दिशा परिवर्तन का मन बना लिया।

जयप्रकाश चाहते थे कि भारत को सम्मिलित रूप में अखंड भारत की संज्ञा में आजादी मिले। उन्होंने इसके लिए अथक प्रयास भी किया। भारत में निहित कांग्रेस एवं और दलगत पार्टियों की नीति इनसे भिन्न थी, जिसके कारण जयप्रकाश का यह स्वप्न मिथ्या बनकर रह गया। भारत को आजादी मिली, परंतु जयप्रकाश का चिंतन दिवास्वप्न ही रह गया। अत: उन्होंने देश को आजादी दिलाकर अपने आपको जिम्मेदारी से मुक्त कर और अपनी सोच का दिशा-परिवर्तन करते हुए, सर्वोदय को सफल करने में अपने आपको व्यस्त कर लिया।

इन घटनाओं के बीच जयप्रकाश का झुकाव सर्वोदय आंदोलन, जो विनोबा भावे द्वारा चलाया जा रहा था, के प्रति होने लगा। वे इस आंदोलन से जुड़ने लगे थे। उन्होंने अपने आपको विनोबा भावे का शिष्य घोषित कर दिया। 19 अप्रैल, 1954 को बिहार में बोधगया में सर्वोदय सम्मेलन हुआ। वहाँ जयप्रकाश ने भूदान आंदोलन के प्रति अपनी प्रतिबद्धता दरशाते हुए कहा, ''यह एक ऐसा आंदोलन है, जिसमें एक साल या पाँच साल देने से काम नहीं चलेगा। इसके लिए मैं जीवन-दान देने की घोषणा करता हूँ।''

भूदान आंदोलन द्वारा विशाल भू-भाग के स्वामियों को प्रोत्साहित किया जाता था कि वे अपनी जमीन का कुछ हिस्सा दान में दें। बाद में उस जमीन को उन लोगों के बीच बाँट दिया जाता, जिनके पास जमीन नहीं थी।

प्रारंभ में जयप्रकाश के मन में इस आंदोलन की सफलता के प्रति आशंका थी, पर जब बिहार के गया जिले में लोगों ने 7,000 एकड़ जमीन को भूदान के लिए दान कर दिया तो जयप्रकाश की निष्ठा इस आंदोलन के प्रति बढ़ गई। इस आंदोलन में सबसे ज्यादा प्रभावित करनेवाली बात यह हुई कि बहुत सारे ऐसे लोगों ने अपनी जमीन दान दी, जिनके अपने खुद के पास कुछ ज्यादा जमीन नहीं थी।

बिहार के गया जिले में सर्वोदय आश्रम स्थापित किया गया। सर्वोदय आंदोलन सिर्फ भूदान तक ही सीमित नहीं था। यह वह संस्थान था, जिसने वर्षा के पानी के रक्षण और गोबर गैस जैसे महत्त्वपूर्ण क्रांतिकारी प्रयोगों पर भी कार्य किया था। जयप्रकाश ने अपने को सर्वोदय और भूदान के अलावा ग्रामोद्योग और ग्राम स्वराज जैसे कार्यों में भी संलग्न कर रखा था। इन सब कार्यों में अपने को पूरी तरह से संलग्न करने हेतु जयप्रकाश ने अक्तूबर 1957 में प्रजा सोशलिस्ट पार्टी की सदस्यता से त्यागपत्र देकर अपने आपको पार्टी के कार्यों से पूरी तरह मुक्त कर लिया।

उनका कहना था कि कानूनन जमींदारी-प्रथा उठा ली गई है, भूमि-सुधार के कानून भी पारित किए जा चुके हैं और अस्पृश्यता पर कानूनी रोक लग गई है। ऐसे ही कुछ और काम भी हुए हैं, लेकिन देश के अधिकांश भागों में गाँवों पर अब भी ऊँची जातियों के बड़े और मझोले भूमिपतियों का अधिकार है। जो हल चलाता है, उसकी जमीन न हो, यह तो बड़ा अन्याय है। उसे यह अधिकार मिलना चाहिए, लेकिन यह अधिकार हल चलानेवाले को कैसे प्राप्त हो, इसका उत्तर तो यही लगता है कि वह स्वयं अपने अधिकार का दावा करे।

एक नवीन व्यवस्था यह हो कि भूमि पर स्वामित्व गाँव का होना चाहिए और उस पर अधिकार किसान का होना चाहिए। इसके पीछे जो दृष्टिकोण है, वह यह है कि समाज में जो संपत्ति है; विशेषकर जो प्राकृतिक संपत्ति है, वह संपत्ति तो समाज की है। वह व्यक्ति के हाथों में तो रह सकती है, पर व्यक्ति की

संपत्ति के रूप में नहीं, जीविका के साधन के रूप में, यही उसके पीछे मूल विचार है। अतः जो अपने हाथों से स्वयं खेती करता हो, उसी का भूमि पर अधिकार हो।

त्याग की शक्ति की महिमा तो वेदकाल से ही गाई जाती रही है, लेकिन यहाँ तो त्याग की बात को एक स्थूल कार्यक्रम बनाकर ग्रामदान के रूप में विनोबाजी ने हमारे समक्ष रखा है; मालिकी छोड़ने की बात, भूमि का बीसवाँ भाग देने की बात, वर्ष में उपज का चालीसवाँ भाग देने की बात। इससे देनेवाले के मानस में कुछ परिवर्तन होगा। लेने की जगह देने की बात। गीता, रामायण, कुरान, बाइबिल आदि को आचरण में उतारने का एक स्थूल कार्यक्रम। हमारे देश में बड़े-बड़े चिंतकों का भी सबसे बड़ा दोष यह रहा है कि उन्होंने महान् विचार तो रखे, लेकिन उन्हें व्यवहार में लाने का मार्ग नहीं बताया। महापुरुषों ने सारी बातें कही हैं, फिर भी समाज की आज कैसी हालत है, कौन बुद्ध के दिखाए रास्ते पर चल रहा है, कौन ईसा के बताए रास्ते से चल रहा है, कौन मोहम्मद के मार्ग पर चल रहा है ? यानी ये सब बातें केवल बातें ही रह जाती हैं। अतः इन सब बातों को हमें अपने जीवन में, अपने पड़ोसी के जीवन में और गाँव

के जीवन में दाखिल करना होगा। इसके लिए ही यह ग्रामदान—ग्राम स्वराज्य का कार्यक्रम है। यह एक नैतिक उत्थान का व्यापक और गहरा कार्यक्रम है।

ग्राम स्वराज्य के बारे में जयप्रकाश नारायण के विचार बड़े व्यापक थे—

'भारत का हजारों वर्षों का इतिहास है। यहाँ अनेक साम्राज्य बने और उनका पतन भी हुआ। फिर भी यह जीवित रहा। इसका क्या कारण है? एक अंग्रेज इतिहासकार ने लिखा है कि जैसे आँधी में भीमकाय वृक्ष भी उखड़ जाते हैं, लेकिन क्षीणकाय घास अपनी जगह बनी रहती है, उसी तरह यहाँ साम्राज्य बदलते और टूटते रहे, लेकिन गाँव में जो ग्राम राज्य कायम थे, वे जीवित रहे और इसी से भारत जीवित रहा। अंग्रेजी शासन आया, तब जान-बूझकर ईस्ट इंडिया कंपनी ने यह ग्रामराज्य संस्था तोड़ दी, क्योंकि वही हमारे समाज को बाँधनेवाली शक्ति थी और वह कायम रहती तो अंग्रेजों की जड़ें इस देश में बहुत गहराई तक नहीं जा सकती थीं। इसीलिए उन्होंने गाँव के संगठन को तोड़ा। इस तरह हमारे समाज का अंग्रेजों ने 'एटमाइजेशन' विदिर्णीकरण किया। उनके कारण गाँव की दुर्दशा हुई। इन गाँवों को उठाने के लिए फिर से उनका संगठन खड़ा करना होगा और ग्रामदान द्वारा यही काम करना है।

'चोल राजाओं के शासन-विवरण देखने से पता चलता है कि दुर्भिक्ष के समय ग्राम-परिषदें सम्मिलित भूमि बंधक रखकर सार्वजनिक ऋण की भी उगाही करती थीं। ग्राम-परिषदें तालाबों, नहरों, कुओं, सड़कों, वनों और बंजर भूमि की व्यवस्था कर सार्वजनिक हित के काम संपन्न किया करती थीं। ग्राम-परिषदें अध्येताओं के लिए वृत्तियों की व्यवस्था कर तथा विद्यालयों और महाविद्यालयों की स्थापना कर सांस्कृतिक एवं बौद्धिक समुन्नयन के कार्य भी संपन्न किया करती थीं। ग्राम-परिषदें बहुत ही प्राचीनकाल से चली आ रही थीं। इनकी शक्ति और अधिकार के स्रोत केंद्रीय शासन द्वारा स्वीकृत कोई अधिकार-पत्र नहीं, बल्कि सैकड़ों-हजारों वर्षों से चले आ रहे रीति-रिवाज थे।

'ग्राम-परिषदों पर केंद्रीय सरकार का कार्य निरीक्षणात्मक और नियंत्रणात्मक ही था। केंद्र शासन-संचालन का कार्य इन परिषदों पर ही छोड़ देता था और इन्हें व्यापक अधिकार प्राप्त थे। ये परिषदें ग्राम-समुदाय की सुरक्षा के लिए सुचारु व्यवस्था करती थीं, केंद्रीय शासन की ओर से कर वसूला करती

स्वशासित इकाइयों के रूपों में विकसित नहीं किया जा सका। इन गाँवों को स्वशासित और स्वचालित समाज की दिशा में आगे बढ़ाने में हम असमर्थ रहे। परिणामस्वरूप इस आंदोलन के गर्भ में छिपी क्रांतिकारी संभावनाओं का साक्षात्कार नहीं हो सका।'

जयप्रकाश ने सदा ही समाज-सेवा को राजनीति से ऊपर रखा। अपने निबंध 'भारतीय राज व्यवस्था का पुनर्निर्माण' में उन्होंने दलीय राजनीति की कड़ी आलोचना करते हुए कहा, "दलीय राजनीति नेतागिरी को जन्म देती है, राजनीतिक नैतिकता को दबाती है तथा विवेकहीनता, कपट आचरण एवं षड्यंत्र को बढ़ावा देती है।"

उन्होंने कहा, "जहाँ एकता की आवश्यकता है, वहाँ ये दल विवाद खड़े करते हैं और जहाँ मतभेदों को न्यूनतम करना चाहिए, वहाँ उनको बढ़ाया-चढ़ाया जाता है। ये दल हमेशा दलीय हितों को राष्ट्रीय हितों से ऊपर रखते हैं।"

उन्होंने कहा कि इस प्रकार की राजनीति सामान्य लोगों को संग में आने से रोकती है तथा सत्ता केवल कुछ ही राजनेताओं के एक छोटे से समूह में सीमित होकर रह जाती है।

जयप्रकाश के इन विचारों तथा कार्यों से यूरोप के शांतिवादी तथा समाजवादी उनकी ओर आकर्षित हुए। उन्होंने जयप्रकाश के विचारों और कार्यों को अच्छी तरह से समझने के उद्देश्य से जयप्रकाश को यूरोप आने का आमंत्रण दिया। अप्रैल 1958 में, जयप्रकाश प्रभावती के साथ यात्रा के लिए निकले तथा विभिन्न यूरोपीय देशों के साथ इजराइल, मिस्र, लेबनान, पाकिस्तान इत्यादि देशों का दौरा किया।

12 अक्तूबर, 1962 को भारत पर चीन का आक्रमण हुआ। उस समय जयप्रकाश ने उस आक्रमण को चीन की चुनौती कहा तथा उसे वैचारिक आक्रमण करार देते हुए कहा कि हमें इस चुनौती का उत्तर देना है। उन्होंने कहा कि आज चीन के आक्रमण से देश में एकता की भावना फैली है। इस भावना का लाभ उठाते हुए हमें चीन की चुनौती का जवाब देना होगा। उन्होंने कहा कि देश को केवल सैन्य दृष्टि से ही नहीं, बल्कि अन्य क्षेत्रों में भी ताकतवर बनाना होगा। उन्होंने चीनी साम्यवाद के उत्तर में सर्वोदय को प्रस्तुत किया।

'इसमें कोई संदेह नहीं कि सर्वोदय-विचार और आचार की अनेक त्रुटियों का भविष्य में पता चलेगा और उनमें सुधार होगा। मानव-मस्तिष्क इस प्रकार सत्य की ओर बढ़ता जाएगा, लेकिन मैं यह जरूर मानता हूँ कि सर्वोदय आज के वर्तमान सामाजिक तत्त्वज्ञान एवं प्रणालियों से स्पष्टत: आगे बढ़ा हुआ और उन्नत विचार है। सर्वोदय आंदोलन द्वारा प्रस्तुत हर व्यावहारिक सुझाव के पीछे संपूर्ण समुदाय के हित-साधन की प्रेरणा रही है, चाहे वह ग्राम पंचायतों के निर्विरोध चुनाव के संबंध में हो, भूमि के सामुदायिक स्वामित्व, अर्थात् ग्रामदान के विषय में हो अथवा श्रमिकों से काम लेनेवाले आर्थिक उद्योगों का सरकार के आधार पर स्वामित्व एवं प्रबंध करने का सुझाव हो।

'मानव कल्याण-पथ के अविरत अनुसंधान में, मैं सर्वोदय की इस मंजिल पर आज पहुँचा हूँ। स्वतंत्रता, समानता और बंधुत्व की जो ज्योति मुझे आज तक राह दिखाती रही थी, वही ज्योति आखिर मुझे इस सर्वोदय की मंजिल तक ले आई है। इस ध्रुव तारे को ही अपनी निगाहों के समक्ष रखकर मैं अपना मार्ग तय कर रहा हूँ। सर्वोदय की मंजिल तक मेरा रास्ता कुछ टेढ़ा-मेढ़ा रहा, लेकिन उसका मुझे कोई दु:ख नहीं। मुझे यह खेद है कि मैं अपनी जीवन यात्रा में जब गांधीजी हमारे बीच विद्यमान थे, तब इस मंजिल तक नहीं पहुँच सका।

'स्वराज्य के बाद गांधीजी के मानस में क्या चल रहा था। उसकी झाँकी हमें प्यारेलालजी की पुस्तक 'लास्ट फेज' (पूर्णाहुति) में मिलती है, उसमें एक प्रकाश है, 'सेटिंग डेमोक्रेसी ऑन द मार्च।' इसे पढ़ने से यह पता चलता है कि गांधीजी आगे के कार्यक्रम के बारे में कैसी कल्पना कर रहे थे। गांधीजी अपनी प्रक्रिया का प्रयोग किस तरह करते और उनके कार्यक्रम का स्वरूप कैसा होता, यह तो कौन बता सकता है? हाँ, इतना जरूर लगता है कि उनमें 'ग्रामस्वराज्य' और 'ट्रस्टीशिप' इन दो महत्त्वपूर्ण मुद्दों का समावेश अवश्य हुआ होता। अपनी कल्पना में लोकतंत्र की बुनियाद डालने के लिए उन्होंने पहले मुद्दे पर अपना ध्यान केंद्रित किया होता और आज की सामाजिक एवं पूँजीवादी व्यवस्था को एक सर्वोदयी समाज-व्यवस्था में परिवर्तित करने के लिए वे दूसरे मुद्दे का उपयोग करते।'

□

तेरह

यद्यपि भूदान आंदोलन एक बड़ी आशा के साथ प्रारंभ हुआ था। इस आंदोलन के द्वारा करीब 6 लाख एकड़ जमीन भूमिहीन लोगों में वितरित की गई; पर बाद के दिनों में यह आंदोलन सुस्त होता गया। जयप्रकाश ने पाया कि यह आंदोलन सामाजिक और आर्थिक परिवर्तन के अपने उद्‍देश्य में सक्षम

साबित नहीं हो पा रहा था। यह वह समय था, जब जयप्रकाश को अपने राजनीतिक कार्य की रूपरेखा के बारे में फिर से सोचने को मजबूर होना पड़ा।

इधर जयप्रकाश और विनोबा भावे के रिश्तों में कुछ खटास आने लगी थी। जयप्रकाश विनोबा को अपना गुरु मानते थे, पर उन दोनों के विचारों में व्यापक मतभेद थे। विनोबा जहाँ समाज में धीरे-धीरे होनेवाले परिवर्तन को ज्यादा प्रभावशाली मानते थे, वहीं दूसरी तरफ जयप्रकाश जल्दी और क्रांतिकारी परिवर्तन के हिमायती थे। दोनों के बीच का यह वैचारिक मतभेद समय के साथ-साथ और भी गहराता गया। इन सबके बावजूद जयप्रकाश की लोकप्रियता में कोई कमी नहीं आई। उन्हें लगातार प्रबल समर्थन मिलता रहा तथा लोकतंत्र के इस सिपाही ने कभी भी हार न मानने की ठान ही ली थी, चाहे रास्ते कितने भी कठिन क्यों न हों।

जयप्रकाश ने हमेशा सामान्य जनता की लोकतंत्र में भागीदारी का प्रबल समर्थन किया। उन्होंने हमेशा कहा कि अगर जनता लोकतंत्र में अपनी सक्रिय भागीदारी नहीं निभाती, तो वह एक पाप कर रही है और लोकतंत्र के गिरते हुए स्तर के लिए जिम्मेदार है।

उनका कहना था, ''हमारा लोकतंत्र एक बहुत ही संकीर्ण आधार पर टिका हुआ है। वह सिर के बल उलटे पिरामिड की तरह खड़ा है। स्पष्टत: हमारा काम लोकतंत्र की इस तसवीर को दुरुस्त करना है और पिरामिड को उलटकर उसके आधार पर खड़ा करना है। हम लोकतांत्रिक बुद्धिवादियों को लोकतंत्र के अमूर्त गुणों से उतनी प्रेरणा नहीं मिलती है, बल्कि कल्याण-कार्यों के रूप में लोकतंत्र के ठोस परिणामों और लोकतांत्रिक क्रियाकलाप में उनका जो प्रत्यक्ष आधार या उनकी भूमिका होती है, उस पर ही किसी देश में लोकतंत्र की संस्थाओं एवं प्रक्रियाओं के प्रति आम लोगों का रुख निर्भर करता है।

''यह ठीक है कि हमारे लोकतंत्र के टूटने का आसन्न खतरा नहीं है, लेकिन हमें यह कभी नहीं भूलना चाहिए कि इसमें वे सब दोष हैं, जिनके कारण लोकतंत्र दूसरे देशों में समाप्त हो गया है। लोकतंत्र का पौधा, चाहे जिस प्रकार का हो, अधिनायकवाद के वातावरण में विकास और उन्नति प्राप्त कर सकता है, इसमें संदेह है। फिर भी हमारे लिए यह सौभाग्य की बात है कि इस देश में यदि

पूर्ण नहीं तो पर्याप्त लोकतांत्रिक वातावरण कायम हो, जिसमें अपने इस लोकतंत्र को नए ढंग से सँवारने, उसके आधार पर चौड़ा और गहरा करने तथा इस प्रक्रिया को आगे बढ़ाते हुए समय रहते उसे अभेद्य और संतोषकारी बनाने का हमें अवसर प्राप्त है।

"लोकतंत्र की सफलता के लिए यह आवश्यक है कि जनता को दायित्व उठाने के लिए तैयार किया जाए और उसे उसके लिए पूर्ण अवसर भी प्रदान किया जाए। लोकतंत्र का मतलब, केवल राजनीतिक आधार और शासन में जनसहयोग नहीं है। जिस प्रकार का संसदीय लोकतंत्र भारत ने स्वीकारा है, इससे हमारे लोकतंत्र की कल्पना और अधिक व्यापक और गहरी होगी। अभी जो पाश्चात्य कल्पना है राजकीय लोकतंत्र की, उसमें आर्थिक लोकतंत्र की कल्पना नहीं के बराबर है। समाजवादी आंदोलन के कारण थोड़ा-बहुत मजदूर-आंदोलनों, आर्थिक कार्यक्रमों, आदर्शों और विचारों का प्रवेश हुआ है, लेकिन हमें नहीं भूलना चाहिए कि मूलत: वह एक राजनीतिक कल्पना ही है। यह लोकतंत्र अपने देश में इतने दिनों तक चला और उसके चलने के लिए, जो आवश्यक वातावरण चाहिए और उसके जो आवश्यक औजार चाहिए, वे सब धीरे-धीरे पिछले वर्षों में पैदा होते रहे। एक गरीब देश, जहाँ के लोग इतनी बड़ी

संख्या में अनपढ़ हैं, वहाँ यह लोकतंत्र 30 वर्षों से टिका रहा। यह हमारे लिए और देश की जनता के लिए गौरव की बात है।

"जिस हद तक लोकतंत्र में साझेदारी की बात जाएगी, उस हद तक हम अधिनायकवाद के प्रहारों को रोक सकने और विफल करने में समर्थ होंगे। लोकतंत्र का मतलब विविध लोकतंत्रात्मक संस्थाएँ नहीं हैं। वस्तुत: इसकी भावना का समावेश जनजीवन में होना चाहिए। तत्त्वत: यह जीवन की एक प्रणाली है। लोकतंत्र की चरितार्थता प्रतिनिधिक विधानसभाओं या निर्वाचित सरकारों में नहीं, बल्कि लोगों के स्वेच्छा-प्रेरित सहयोगात्मक कार्यों में है, जिससे वे मिल-जुलकर अपनी समस्याओं का समाधान करते हैं, अपने हितों का साधन करते हैं और अपनी व्यवस्था का संचालन करते हैं।

"लोकतंत्र उस व्यवस्था का नाम है, जिससे मुख्यत: राजनीतिक न्यायिक क्षेत्र में, लेकिन मूलत: विचार और सिद्धांत के क्षेत्र में उत्पन्न होनेवाली उन प्रवृत्तियों का विरोध एवं उन्मूलन किया जा सके, जो अत्याचार और उत्पीड़न को जन्म देती हैं। इसमें शक नहीं कि शिक्षा में क्रांतिकारी परिवर्तन का प्रश्न मौलिक है, लेकिन इस अपील में मैं जिन तथ्यों की ओर ध्यान आकर्षित कर रहा हूँ, उनका और भी गहरा व बुनियादी महत्त्व है। एक तथ्य है, लोकतंत्र। लोगों की दृष्टि से देखा जाए तो आधारभूत निर्णायक महत्त्व का है, क्योंकि लोकतांत्रिक व्यवस्था में ही लोग, जिसमें युवक भी शामिल हैं, समर्थ रूप से अपना पार्ट अदा कर सकते हैं। इसमें संदेह नहीं कि लोकतंत्र का अर्थ लोगों द्वारा लोकतांत्रिक प्रक्रिया में सम्मिलित होने का सर्वाधिक मौका होना चाहिए।

"कदाचित कुछ लोग कहें कि लोकतंत्र के मार्ग पर अग्रसर होने के प्रसंग में अतीत से प्रेरणा प्राप्त करने की बात बेतुकी सी लगती है, लेकिन यह जान लेना चाहिए कि लोकतंत्र का जनक भारत ही रहा है और यहाँ के गणराज्य तो हजारों वर्षों तक चलते रहे। यदि लोगों को स्वशासन के अधिकार और अवसर देने से इनकार किया गया तो इसके परिणामस्वरूप इस देश में रूपेण लोकतंत्र का पूर्ण क्षय होगा और वह पतन तथा आत्मविनाश की ओर अथवा किसी प्रकार की तानाशाही की ओर जाएगा।

"यदि स्वशासन का ऐसा ही कोई स्तर है, जहाँ जनता का पूर्ण योगदान

व्यावहारिक रूप से संभव है तो वह ग्राम स्तर ही है। केवल उसी स्तर पर प्रत्यक्ष लोकतंत्र की प्रक्रिया पर्याप्त रूप में काम कर सकती है। भारत में लोकतंत्र की परंपरा का अभाव रहा है, तथापि कई सदियों तक इस देश के अनेक भागों में प्राचीनकाल में लोकतंत्र फलता-फूलता रहा है। इस सुदृढ परंपरा के अंक में और उससे प्रेरणा प्राप्त कर आधुनिक काल में लोकतंत्र का निर्माण करने का प्रयास होना चाहिए।

''लोकतंत्र अनेक प्रखंडों के सिद्ध रूप और विविध प्रक्रियाओं का परिणाम है। व्यक्ति विशेष अथवा समाज के एकाकी कार्य से लोकतंत्र का रूप नहीं खड़ा किया जा सकता। लोकतंत्र के अनेक खंडात्मक विशाल प्रासाद के निर्माण के लिए कई प्रकार की ईंटों, गारों और सामग्रियों के साथ निर्माताओं की भी आवश्यकता है।

''जनतंत्र के मूल्यों के बारे में लोगों को जाग्रत् करना चाहिए। व्यापक लोकसंपर्क-लोकशिक्षण करना चाहिए। मतलब कि हम सब, चाहे जिस किसी व्यवसाय में हों या समाज में किसी भी पद पर हों, हमें इस लोकशिक्षण में कुछ-न-कुछ योगदान करना चाहिए।

''जात-पाँत और छुआछूत जैसी सामाजिक प्रणालियाँ एवं मानसिक प्रवृत्तियाँ भी लोकतंत्र के मार्ग की सबसे बड़ी बाधाएँ हैं। जिस समाज में लोग जातिगत आधार पर ऊँच-नीच और अछूत समझे जाते हैं, उसमें लोकतंत्र नहीं चल सकता। लोकतंत्र के प्रति आस्था रखनेवाले प्रत्येक भारतीय विचारक को यह समझ लेना चाहिए कि इस देश में लोकतंत्र के प्रबल शत्रु जातिवाद और अस्पृश्यता ही हैं।

''लोकतंत्र की इमारत को शक्तिशाली और अभेद्य बनाने के लिए यह आवश्यक है कि उसके ऊपर की मंजिलों का निर्माण भी बुनियादी ढाँचे के अनुरूप ही होना चाहिए, लेकिन वर्तमान स्थिति में बुनियादी ढाँचा जिला स्तर तक ही खड़ा किया जा सकता है और उसके परे राज्यीय एवं राष्ट्रीय स्तर पर, इससे बिल्कुल भिन्न प्रकार का ढाँचा बालू के ढेर की तरह अलग-अलग निरुत्साह मतदाताओं के आकृतिहीन समुदाय पर ही खड़ा रहेगा।

''लोकतंत्र की मजबूती के लिए यह जरूरी है कि हम अपने अधिकारों,

कर्तव्यों के प्रति सचेत हो जाएँ और संगठित हो जाएँ। लोकतंत्र से नागरिक जितना अलग और उदासीन रहेगा, उतना ही कमजोर और कुंठित लोकतंत्र चलेगा। लोकतांत्रिक मूल्यों की चेतना के बगैर लोकतंत्र निर्जीव और ढाँचा भर रह जाएगा। इस बुनियादी कमजोरी की परख अभी आपातस्थिति में हो चुकी है।

''जिन लोगों ने लोकतंत्रात्मक व्यवस्था का मार्ग अपनाया है, उन्होंने निस्संदेह विकसित और समुन्नत प्रणाली अपनाई है तथा यह स्पष्ट कर दिया है कि उनका मानसिक विकास उन लोगों की अपेक्षा कहीं अधिक हुआ है। लोकतंत्र की व्यवस्था के अंतर्गत चलनेवाले देशों को आज यह निश्चय कर लेना है कि अपनी प्रतिरक्षा के लिए उन्हें सैन्यशक्ति पर निर्भर रहना चाहिए अथवा शांति प्रयासों एवं जनता की नैतिक शक्ति पर।

''लोकतंत्रात्मक व्यवस्था का वास्तविक रूप यह है कि जनता ही प्रत्यक्ष रूप से अपना शासन करे, अपने लिए कानून बनाए, न्याय-व्यवस्था का संचालन करे और प्रशासन का सारा कार्य स्वयं ही चलाए या उसकी देख-रेख करे।

''देश के विद्यार्थियों का एक छोटा भाग विभिन्न दलों में जरूर बँटा हुआ है, पर उनका और स्कूल न जानेवाले युवा-वर्ग का एक बड़ा भाग राजनीतिक दलों से जुड़ा हुआ नहीं है। विद्यार्थियों की इस बड़ी संख्या से मैं अपील कर रहा हूँ। खुशी है कि युवा वर्ग के कुछ गैर-दलीय संगठन भी हैं। ऐसे संगठनों

को चाहिए कि वे अपने भाइयों व बहनों को सक्रिय करने में पहल करें, लेकिन मेरी सलाह यह है कि इस मामले में किसी के अभिक्रम का इंतजार न किया जाए। जहाँ कहीं भी आवश्यक नेतृत्व मौजूद हो, युवा-वर्ग के स्वतः प्रेरित संगठन, जिनका नाम मैं 'लोकतंत्र के लिए युवा' सुझाऊँगा, खड़े हो जाएँ। वास्तव में 'लोकतंत्र के लिए युवा' को संगठन की बजाय एक आंदोलन ज्यादा होना चाहिए। स्वतः प्रेरित स्वतंत्र स्थानीय कार्यक्रम इस आंदोलन के चिह्न होने चाहिए। समन्वय व प्रयास का एकत्रीकरण साथ-साथ चलना चाहिए। युवा-वर्ग को स्वयं अपने साधन जुटाने व अपने स्थानीय और राष्ट्रीय नेतृत्व को खड़ा कर लेना चाहिए।

"यह बात बिल्कुल यथार्थ है कि लोकतंत्र और स्वतंत्रता उन लोगों के लिए अर्थहीन हैं, जो जीवन की अनिवार्य आवश्यकताओं से भी वंचित हैं, पर यह भी उतना ही सच है कि सांसारिक सुखोपलब्धि करानेवाली वस्तुओं के पीछे पड़े रहना लोकतंत्र के मार्ग की सबसे बड़ी बाधा है और उनकी पूर्ति वैयक्तिक स्वातंत्र्य का हनन करके ही की जा सकती है।

"स्वशासन के प्रत्येक स्तर पर लोकतांत्रिक संस्थाएँ अपनी योजनाएँ बना सकती हैं और उनका एकीकरण नीचे और ऊपर की संस्थाओं की योजनाओं से हो सकता है। विदेशी शासन से हाल ही में, मुक्त भारत जैसे देशों में लोकतंत्र की समस्या आर्थिक पिछड़ेपन एवं कुछ दिनों के बीच लोकतांत्रिक परंपरा के अभाव से और भी जटिल हो गई है।"

□

चौदह

जयप्रकाश के विभिन्न सामाजिक, राजनीतिक व मानवीय कार्यों को देखते हुए, वर्ष 1965 में उन्हें फिलीपींस का 'रमन मैग्सेसे पुरस्कार' प्रदान किया गया। पुरस्कार के प्रशस्ति-पत्र में उनके कार्यों की सराहना करते हुए कहा गया कि वे आधुनिक भारत की लोकात्मा की रचनात्मक अभिव्यक्ति हैं। इस पुरस्कार से उन्हें 400 रुपए प्रतिमाह की राशि प्राप्त होने लगी, जो उनके अत्यंत ही सादे रहन-सहन के लिए काफी थी।

किसी भी मसले पर जयप्रकाश ने हमेशा वही कहा तथा वही किया, जो सही लगता था, चाहे इसके लिए उन्हें कितने भी विरोध का सामना करना पड़ा। इस समय देश में नागालैंड तथा कश्मीर की समस्या सिर उठाए खड़ी थी। जयप्रकाश ने सक्रिय रूप से इन समस्याओं का समाधान करने के लिए अपना योगदान दिया। देश के पूर्वोत्तर में नागा समस्या भयानक रूप ले चुकी थी। अंग्रेजों के खिलाफ पृथक् रूप से स्वतंत्रता आंदोलन चला रहे नागाओं ने अंग्रेजों के प्रस्थान के पश्चात्, अपने क्षेत्र को भी स्वतंत्र मानते हुए आजादी की माँग की।

1946 में ही राष्ट्रीय नागा परिषद् का गठन कर स्वतंत्रता की माँग की गई थी। नागाओं द्वारा स्वतंत्रता की माँग धीरे-धीरे उग्रवादी रूप धारण करने लगी। आंदोलन हिंसक होने लगा था। 1952 के आम चुनाव का नागाओं ने बहिष्कार कर दिया था। जयप्रकाश की सलाह पर ही नेहरूजी ने नागालैंड को पूर्ण राज्य का दर्जा दे दिया तथा 1962 में वहाँ की विधानसभा की पहली बैठक हुई। जयप्रकाश ने नागा विद्रोहियों से बातचीत कर, उन्हें अलगाववाद की अपनी माँग

से हटने के लिए आग्रह किया। जयप्रकाश पहले राष्ट्रीय नेता थे, जिन्होंने जंगलों के अंदर जाकर विद्रोहियों से बात की थी।

जयप्रकाश के लगातार प्रयास से बिगड़ चुकी नागा समस्या, यदि सुलझी नहीं तो कम-से-कम इतना जरूर हुआ तथा वार्त्ता में नागाओं का विश्वास बना रहा। यह इस बात से जाहिर होता है कि कुछ लोगों का विचार है कि यदि जयप्रकाश ने प्रेम से नागाओं का दिल नहीं जीता होता तो नागालैंड दूसरा वियतनाम बन जाता।

कश्मीर समस्या के समाधान के लिए भी जयप्रकाश हमेशा प्रयासरत रहे, पर उन्होंने हमेशा इस बात पर जोर दिया कि कश्मीर का भारत में विलय केवल वैधानिक नहीं, बल्कि भावात्मक स्तर पर भी होना चाहिए। वर्ष 1964 में एक प्रतिनिधिमंडल के साथ वे पाकिस्तान भी गए तथा वहाँ के तत्कालीन राष्ट्रपति जनरल अयूब खान से भारत-पाक रिश्तों को सामान्य बनाने के लिए वार्त्ता की।

इसी समय पूर्वी पाकिस्तान, जो कि आज बँगलादेश के नाम से स्वतंत्र राष्ट्र है, पाकिस्तान से अलग होकर एक स्वतंत्र राष्ट्र के रूप में उदय के लिए संघर्षरत था। जयप्रकाश ने विभिन्न देशों का दौरा कर पूर्वी पाकिस्तान के इस संघर्ष में उनसे वैचारिक सहयोग की अपील की तथा उन देशों को, जो पूर्वी पाकिस्तान की इस माँग के खिलाफ थे, यह समझाने का प्रयास किया कि पूर्वी पाकिस्तान की स्वतंत्रता की यह माँग उचित है।

इन सब घटनाओं से अलग वर्ष 1971-72 में कुछ ऐसी घटनाएँ हुईं, जिनके कारण जयप्रकाश को लोकनायक के रूप में प्रसिद्धि मिली। अप्रैल 1972 में, बड़ी संख्या में चंबल के दुर्दांत डाकुओं ने जयप्रकाश के समक्ष आत्मसमर्पण किया। वे डाकू आतंक का पर्याय माने जाते थे तथा उन पर सरकारी इनाम घोषित था। इस घटना की पृष्ठभूमि मई 1960 की वह घटना है, जब विनोबा भावे के समक्ष चंबल के 20 डाकुओं ने आत्मसमर्पण किया था। यह आत्मसमर्पण तब हुआ, जब मई 1960 में विनोबा भावे फाँसी की सजा पा चुके डाकू तहसीलदार सिंह की पहल पर पदयात्रा पर निकले थे।

इस घटना के लगभग ग्यारह वर्ष बाद जब कुछ बागियों ने आत्मसमर्पण का इरादा बनाया तो उन्होंने विनोबा भावे से संपर्क किया। सरदार माधो सिंह नामक बागी ने जगरूप सिंह को अपना प्रतिनिधि बनाकर उसे विनोबा भावे के पास भेजा। विनोबा, जो उस समय संन्यास ले चुके थे, ने जगरूप सिंह को जयप्रकाश से मिलने को कहा। जगरूप सिंह को दिल्ली में जयप्रकाश का पटना का पता मिला और वह जयप्रकाश से मिलने के लिए पटना चल पड़ा। अक्तूबर, 1971 में जगरूप सिंह जयप्रकाश से पटना में मिला और डाकुओं के आत्मसमर्पण की इच्छा के बारे में जयप्रकाश को बताया। हालाँकि उन्होंने साथ में कुछ शर्तें भी रखी

थीं, जिन पर विचार करने का जयप्रकाश ने वादा किया।

चंबल घाटी की इस समस्या के समाधान में सार्थक प्रयास करते हुए जयप्रकाश ने चंबल घाटी शांति समिति योजना का गठन किया, साथ ही उन्होंने उत्तर प्रदेश, मध्य प्रदेश तथा राजस्थान के मुख्यमंत्रियों के साथ संपर्क साधकर उन्हें डाकुओं की इस मंशा के बारे में अवगत कराया। इधर, जयप्रकाश के सहयोगियों तथा डाकुओं में लगातार बातचीत होती रही। डाकू इस बात पर अड़े हुए थे कि वे आत्मसमर्पण जयप्रकाश के सामने ही करेंगे।

लंबी बातचीत के बाद ग्वालियर में पहला आत्मसमर्पण होना तय हुआ। 11 अप्रैल, 1972 के दिन डाकू मोहर सिंह ग्वालियर में जयप्रकाश से मिला और उसने उनके समक्ष आत्मसमर्पण कर दिया। मोहर सिंह, जो चंबल का आतंक था, के आत्मसमर्पण से सारा समाज चकित रह गया। मोहर सिंह ने प्रभावती के पैर छूकर क्षमायाचना की। प्रभावती ने मोहर सिंह को क्षमा करते हुए उसके माथे पर तिलक लगाया।

14 और 16 अप्रैल को खेल समारोहों में जब डाकुओं ने आत्मसमर्पण

किया तो बड़ा ही अद्भुत दृश्य सामने आया। दुर्दांत व खूँखार माने जानेवाले डाकुओं का दल बारी-बारी से आत्मसमर्पण करता जा रहा था। गांधीजी की तसवीर के सामने हथियारों का ढेर लग चुका था। माधो सिंह ने डाकुओं की तरफ से प्रतिज्ञा पत्र पढ़ा, 'हम अब अपने आपको समाज की सेवा के लिए समर्पित करते हैं। बाबा विनोबाजी और बाबू जयप्रकाशजी के आशीर्वादों के साथ हम एक नई जिंदगी शुरू कर रहे हैं। हमसे बहुत भूलें हुई हैं। इसके लिए हमें दिल से पछतावा हो रहा है। हमारी वजह से जिन-जिन लोगों को दुःख और तकलीफ हुई है, उन सबसे हम माफी माँगते हैं।'

इस घटना ने जयप्रकाश की साफ छवि को सिद्ध किया तथा यह भी प्रकट किया कि अगर पूरी ईमानदारी से काम किया जाए तो हम किसी भी बुराई पर जीत हासिल कर सकते हैं, जैसा कि डाकुओं के आत्मसमर्पण की इन घटनाओं से जाहिर होता है।

इधर जयप्रकाश के निजी जीवन में एक भूचाल आया। 15 अप्रैल, 1973 की प्रातः कैंसर से पीड़ित प्रभावती का देहांत हो गया। इस घटना से जयप्रकाश के जीवन में गहरी रिक्तता आ गई। उन्होंने सामाजिक गतिविधियों से अपने को पूरी तरह विमुख कर लिया तथा स्वयं को अध्यात्म के साथ जोड़ लिया, पर नियति को शायद कुछ और ही मंजूर था। यह वह समय था, जब देश की राजनीतिक और सामाजिक स्थिति बद-से-बदतर होती जा रही थी। कांग्रेस पार्टी का भारतीय सत्ता पर नियंत्रण मजबूत होता जा रहा था। भ्रष्टाचार, अनैतिकता, कालाबाजारी जैसी हैं, ये लोकतंत्र के लिए खतरनाक हैं। बुराइयों का असर समाज पर दिखने लगा था। इन स्थितियों में जयप्रकाश जैसे नेता के लिए चुप रहकर स्थिति को स्वीकार कर लेना असंभव था।

जयप्रकाश ने स्थिति को अच्छी तरह समझा तथा यह महसूस किया कि यही वह समय है, जब कांग्रेस सरकार के इस तानाशाही शासन के विरुद्ध आंदोलन का श्रीगणेश किया जा सकता है। उन्होंने यह समझ लिया था कि जन सामान्य में असंतोष की एक व्यापक लहर है तथा वे इस शासन के विरुद्ध आवाज देने के लिए तैयार हैं।

□

पंद्रह

जयप्रकाश ने इसी समय पूरे देश का दौरा प्रारंभ किया तथा लोगों को राजनीति में फैलती जा रही अनैतिकता के बारे में जाग्रत् करना आरंभ किया। उन्होंने अपना संदेश फैलाना शुरू किया कि किस प्रकार प्रजातंत्र की आधारभूत संरचना को वर्तमान राजनीतिज्ञों द्वारा ध्वस्त किया जा रहा है। उन्होंने जनता को चुनाव के नाम पर हो रहे धोखे के प्रति सचेत करते हुए कहा कि किस प्रकार से चुनाव लड़े और जीते जा रहे हैं, किस प्रकार चुनाव बाहुबल और धन-शक्ति का खेल बनते जा रहे हैं।

लोकतंत्र के जन्म में चुनाव का महत्त्व जरा भी कम नहीं है, बीजरूप है। चुनाव के समय ही लोग अपने शासकों को चुनने के अपने सर्वोपरि जन्मसिद्ध अधिकार का इस्तेमाल कर सकते हैं, पर आज चुनाव का केंद्र-बिंदु लोक और लोकतंत्र की प्रक्रिया से हट गया है। कारण यह है कि पैसा, झूठ, बल प्रयोग और भ्रष्टाचार ने मिलकर चुनाव के अर्थ व उनके तत्त्व को ही धीरे-धीरे, लेकिन सतत रूप से क्षय करना प्रारंभ कर दिया है। चुनाव का खर्च दिन दूना, रात चौगुना बढ़ रहा है। गरीबों की पार्टी या उनके प्रत्याशी के लिए तो कोई अवसर ही नहीं है और न तो इतनी बड़ी राशि खर्च कर सकनेवाले प्रत्याशियों से यह उम्मीद रखी जा सकती है कि वे गरीबों के लिए काम करेंगे। उसी तरह गुप्त राशि (पैसों) पर पनपनेवाला जाल-फरेब व छल-छद्म तथा सशक्त राजनीतिक व जातिगत स्वार्थों की शह पर होनेवाले बल प्रयोग चौंकानेवाले ढंग से बढ़ रहे हैं। चुनाव अधिकारियों को डराने-धमकाने व पैसे से उन्हें खरीद लेने के भ्रष्ट तरीके चुनाव-तंत्र को भी अन्य क्षेत्रों की तरह ही भ्रष्ट कर रहे हैं।

उन्होंने युवाओं का आह्वान करते हुए उनसे आगे आकर इस स्थिति के विरुद्ध लड़ाई लड़ने को कहा।

उन्होंने कहा कि कांग्रेस ब्रिटिश सत्ता की तरह व्यवहार कर रही है। उन्होंने लोगों से आगे आने को कहा तथा यह कहा कि युवाओं में असंतोष की जो भावना है, वह इस सत्ता के विरुद्ध आंदोलन का रूप कायम कर लेगी।

कांग्रेस अपनी सत्ता-शक्ति के शिखर पर थी। वर्ष 1971-72 के युद्ध में पाकिस्तान पर विजय तथा बँगलादेश के उद्भव ने कांग्रेस की शक्ति को चरम सीमा पर पहुँचा दिया था। सारी सरकारी मशीनरी सरकार के सीधे नियंत्रण में थी तथा संसद् भी अपना महत्त्व खोती जा रही थी। दिसंबर 1973 में जयप्रकाश ने सभी संसद् सदस्यों को पत्र लिखकर अपनी चिंता से उन्हें अवगत कराया। उन्होंने कहा कि आप सभी को देश की स्थिति के बारे में पता है तथा जनता के प्रतिनिधि के रूप में इसका निदान आपका नैतिक कर्तव्य है।

इसी समय गुजरात में नवनिर्माण समिति द्वारा चलाए गए प्रयासों का व्यापक प्रभाव वहाँ की राजनीति पर पड़ा। असेंबली भंग हो गई। दूसरी तरफ बिहार में भी गतिविधियाँ तेज हो गई थीं। 15 मार्च, 1974 को छात्र संघर्ष समिति के बैनर तले हजारों छात्रों ने पटना में जुलूस निकाला। उन्होंने विधानसभा पर हमला बोल दिया। पुलिस को गोली चलानी पड़ी। शहर में हिंसा, आगजनी तथा तोड़-फोड़ की घटनाएँ हुईं। पुलिस ने स्थिति पर काबू पाने के लिए वहाँ कर्फ्यू लगा दिया।

19 मार्च को बिहार के एक बड़े हिस्से में हिंसा भड़क उठी। पुलिस की गोली से लोगों के मरने की खबर ने सनसनी फैला दी। चारों तरफ यह खबर तेजी से फैली कि पुलिस की गोली से 10 लोग मारे गए हैं। इस आंदोलन के मुख्य छात्र नेता थे—नरेंद्र सिंह, लालू प्रसाद यादव, सुशील कुमार मोदी, नीतीश कुमार इत्यादि। इन युवा नेताओं ने जयप्रकाश से इस आंदोलन का नेतृत्व स्वीकार करने का आग्रह किया, पर जयप्रकाश ने अस्वस्थता के कारण नेतृत्व स्वीकार करने से मना कर दिया।

पूरे बिहार में स्थिति खराब होती जा रही थी। पटना, धनबाद, मुंगेर इत्यादि शहरों में कर्फ्यू लागू कर दिया गया था। कर्फ्यू तोड़नेवालों को देखते ही गोली

मारने का आदेश जारी कर दिया गया। युवा नेता लालू प्रसाद यादव, सुशील कुमार मोदी और रविशंकर प्रसाद को 18 मार्च की घटना में अभियुक्त बनाकर गिरफ्तार कर लिया गया। 23 मार्च के दिन छात्र संघर्ष समिति ने बिहार बंद का आह्वान किया, जो काफी सफल रहा।

इधर जयप्रकाश, यद्यपि आंदोलन को नैतिक समर्थन दे रहे थे, पर सीधे नेतृत्व के लिए तैयार नहीं थे। उन्होंने पुलिस की फायरिंग की निंदा करते हुए सरकार को सलाह दी कि उसे छात्रों के साथ मिलकर आपसी विवाद सुलझा लेना चाहिए।

8 अप्रैल को छात्रों, वकील, साहित्यकारों, सर्वोदय कार्यकर्ताओं ने पटना में मौन जुलूस निकाला। प्रदर्शनकारियों के हाथ पीछे बँधे थे और गले में एक तख्ती लटक रही थी, जिस पर लिखा था, 'क्षुब्ध हृदय है बंद जुबान, हमला चाहे जैसा हो, हाथ हमारा नहीं उठेगा।'

19 अप्रैल को पटना के गांधी मैदान में एक विशाल जनसभा आयोजित की गई। इसी जनसभा में जयप्रकाश को 'लोकनायक' की उपाधि से सम्मानित

किया गया। 12 अप्रैल के दिन गया में पुलिस फायरिंग में 5 छात्र मारे गए। इस घटना से जयप्रकाश का हृदय डोल गया और उन्होंने छात्रों का नेतृत्व स्वीकार कर लिया, लेकिन उनका प्रबल विचार था—

'मैं छात्रों से प्रारंभ से ही कहता आ रहा था कि आप अपने आंदोलन को राजनीतिक दलों के हाथ की कठपुतली मत बनने दीजिए। छात्रों का आंदोलन और संगठन किसी राजनीतिक दल या दलों के नेतृत्व में नहीं चलना चाहिए। छात्रों को निर्दलीय रहना चाहिए और उसके अनुसार ही बर्ताव करना चाहिए। मैंने राजनीतिक दलों के नेताओं से निवेदन किया कि आप लोग इस जन-आंदोलन में अवश्य भाग लें, लेकिन उसमें आपकी भूमिका दलीय नहीं होनी चाहिए, यानी आपको यह चेष्टा नहीं करनी चाहिए कि छात्र आंदोलन का नेतृत्व आपके दल या दल के छात्र संगठनों के हाथों में आ जाए अथवा वह उन्हीं के इशारे पर चले।'

5 जून, 1974 को पटना में करीब 5 लाख लोगों का एक विशाल जनसमूह एकत्र हुआ। सरकार द्वारा ट्रेन व बसों की सेवाओं को रोक दिए जाने के पश्चात् भी लोग पैदल चलकर पटना पहुँचे थे। विधानसभा भंग करने की माँग को लेकर 6-7 किलोमीटर लंबा जुलूस राजभवन की ओर चल पड़ा। जुलूस का नेतृत्व स्वयं जयप्रकाश कर रहे थे। जयप्रकाश ने संपूर्ण क्रांति का आह्वान कर दिया। उन्होंने छात्रों से त्याग और बलिदान की गुहार लगाई और शायद छात्र जयप्रकाश के नेतृत्व में यह सब देने के लिए तैयार थे। जयप्रकाश ने कहा, "हमें संपूर्ण क्रांति चाहिए, इससे कम नहीं।"

'आज तक कोई ऐसी क्रांति नहीं हुई है, जो किसी के मुताबिक हुई हो। हर क्रांति अपनी किताब स्वयं लिखती है। दुनिया में बड़ी-बड़ी क्रांतियाँ हुई हैं, इनकलाब हुए हैं। फ्रांस में क्रांति हुई, रूस में क्रांति हुई, अमेरिका स्वतंत्र हुआ, वह भी एक क्रांति हुई, चीन में क्रांति हुई। दुनिया की ये सभी क्रांतियाँ सफल हुईं, उसके बाद क्या हुआ? हर एक क्रांति में यह देखने को मिलता है कि उस क्रांति का सबसे बड़ा नेता अपने देश के सर्वोच्च सिंहासन पर जा बैठा। उसने सरकार की बागडोर अपने हाथ में ले ली। क्रांति का उद्देश्य पूरा करने के लिए, परिवर्तन के लक्ष्य को प्राप्त करने के लिए, नए समाज का निर्माण करने के लिए

हर एक ने सत्ता ग्रहण की। अमेरिका में जॉर्ज वॉशिंगटन ने ऐसा किया। फ्रांस में एक के बाद एक नेता सत्ता अपने हाथ में लेते रहे। रूस में लेनिन ने भी सत्ता ग्रहण की। चीन, तुर्की, अल्जीरिया और क्यूबा सभी जगह ऐसा ही हुआ। केवल गांधीजी ही एक ऐसे नेता निकले, जिन्होंने अपने हाथ में सत्ता नहीं ली।

'बहुत पहले मैंने कहा था कि संपूर्ण क्रांति के महान् लक्ष्य की प्राप्ति के मार्ग में कई मंजिलें आएँगी, पड़ाव आएँगे। चुनाव को भी मैंने इसका एक पड़ाव कहा था। चुनाव का यह पड़ाव हमने बड़ी सफलता के साथ पार किया है, पर इस बड़ी सफलता के बाद भी यह नहीं समझना चाहिए कि युवकों का, नागरिकों का काम समाप्त हुआ। ऐसा समझकर यदि हम ढीले पड़ गए तो आज की अनुकूल परिस्थिति का लाभ नहीं उठा सकेंगे, संपूर्ण क्रांति की दिशा में आगे भी नहीं बढ़ सकेंगे। संपूर्ण क्रांति की यात्रा में त्याग-तपस्या की मंजिल पूरी हो चुकी, यह मानने की भूल हरगिज न करें। क्रांति की राह लंबी है। हम उसी राह के राही हैं। इसके लिए यह अनिवार्य है कि हमें जनता में फैलना होगा और उन्हीं में से वह शक्ति खड़ी करनी होगी, जो संपूर्ण व्यवस्था को जड़-मूल से बदलेगी और नए भारत का निर्माण करेगी।

'सरकार को अगर सही दिशा में मोड़ा जा सकता है तो जनता की संगठित शक्ति द्वारा ही। ऐसी लोकशक्ति, जिसके द्वारा निर्मित हो सकती है, वही क्रांतिकारी कार्यक्रम है। जब मैं राजनीतिक दल में था, तब दो बार बड़े-बड़े प्रदर्शन आयोजित किए थे। हजारों लोग आए थे, सचिवालय की तरफ कूच किया था, लेकिन इन सबसे आखिर क्या होता है, क्या जनता की कोई शक्ति पनपती है ? जब इन प्रदर्शनों में गोली आदि चलती है तो लोग परास्त हो जाते हैं। इसलिए जनता की शक्ति तो ग्रामदान जैसे रचनात्मक कार्यक्रम द्वारा ही सुदृढ हो सकती है। लोकसभा के सामने एक लाख की भीड़ इकट्ठी कर देने से ऐसी लोकशक्ति नहीं पैदा हो सकती। यह भी लोकशक्ति का एक स्वरूप हो सकता है, लेकिन लोकशक्ति द्वारा निर्माण का विधायक काम करना हो, सच्चे अर्थों में जिम्मेदार लोकशक्ति जगानी हो तो वह ग्रामदान जैसे बुनियादी कार्यक्रम द्वारा ही हो सकेगा।

'इतिहास में अब तक जितनी क्रांतियाँ हुई हैं, मेरे विचार से वे मुख्यतः राजनीतिक क्रांतियाँ थीं। जिसे औद्योगिक क्रांति कहा जाता है, उसे छोड़कर बाकी जो भी राजनीतिक क्रांतियाँ हुई हैं, वे अधिकतर हिंसा के माध्यम से ही हुई हैं।

'सात प्रकार की क्रांतियाँ मिलकर संपूर्ण क्रांति होती है, ऐसा मैं कहता आ रहा हूँ। वे क्रांतियाँ हैं—सामाजिक क्रांति, आर्थिक क्रांति, राजनीतिक क्रांति, सांस्कृतिक क्रांति, वैचारिक अथवा बौद्धिक क्रांति, शैक्षणिक क्रांति एवं आध्यात्मिक क्रांति। क्रांति शब्द से परिवर्तन और नव-निर्माण दोनों ही अभिप्रेत हैं। जगत् में यूँ तो हर कुछ परिवर्तनशील है। हर कुछ का नित, निरंतर नवीनीकरण भी होता रहता है, तो फिर क्रांति या क्रांतिकारी परिवर्तन से क्या अभिप्रेत है ? एक यह कि क्रांति या क्रांतिकारी परिवर्तन बहुत शीघ्र गति से होता है और परिवर्तन बड़ा दूरगामी एवं मूलगामी होता है।

'क्रांतिकारी वर्गों (समाजवादी-साम्यवादी) की अपेक्षा है कि जो उपलब्ध है, वह और भी अधिक लोगों को उपलब्ध कराया जाए, अर्थात् लाभों का वितरण हो। सारी राजनीति, सारी शिक्षा, सारे विशेषाधिकार इसी छोटे शीर्षस्थ तक सीमित हैं। यह आवश्यक नहीं कि ये सभी पूँजीपति ही हों, लेकिन सब

विशेषाधिकारयुक्त हैं और सार्वजनिक क्षेत्र की औद्योगिक अर्थ रचना का सबसे बड़ा हिस्सा हैं।'

जुलाई में छात्रों द्वारा एक रैली का आयोजन किया गया। इसका उद्देश्य सारे शैक्षिक संस्थानों को बंद करवाना था। आंदोलनकारियों का विचार था कि इस शिक्षा-प्रणाली से उन्हें सिर्फ नुकसान उठाना पड़ रहा है। यह गुलामी की शिक्षा है, जिससे सिर्फ बेरोजगारी उत्पन्न हो रही है। जयप्रकाश नारायण का भी यही मानना था—

'शिक्षा ऐसी हो, जो जीवनोपयोगी हो। जिस शिक्षा को प्राप्त करके हम अपने पैरों पर खड़े हो सकें, कुछ कर सकें। वर्तमान शिक्षा से तो इतना ही होता है कि हम नौकरियाँ खोजते हैं और दर-दर की ठोकर खाते हैं। नौकरियाँ नहीं मिलती हैं तो कोई जीवनयापन का रास्ता नहीं रहता। माताओं ने युवकों से कहा था कि कारखानों में, खेतों में जाओ और वहाँ जाकर सीखो-समझो। वही आपका विश्वविद्यालय है। गांधीजी ने भी यही कहा था कि विद्यार्थी स्वावलंबी बनें और उनका आत्मविश्वास बढ़े, ऐसी ही शिक्षा होनी चाहिए।

'मेरा सुझाव यह है कि नौकरियाँ देनेवाले चाहे सरकारी क्षेत्र हों या निजी, जिस प्रकार का काम हो, उसके अनुरूप स्वयं अपनी ओर से परीक्षाएँ ले सकते हैं। भरती के बाद आवश्यकता हो तो वे अतिरिक्त शिक्षण और प्रशिक्षण की व्यवस्था कर सकते हैं।

'वर्तमान सड़ी हुई बेकार की शिक्षा-पद्धति के विरुद्ध जेहाद बोलना होगा, क्योंकि यह शिक्षा-व्यवस्था एक ओर तो हमारे अधिकांश बच्चों को अशिक्षित छोड़ देती है और दूसरी ओर वह बच्चों को गलत ढंग से शिक्षित करती है। आज भी यही शिक्षा-पद्धति चालू है। यत्र-तत्र कुछ अंतर हुआ होगा।

'सबसे महत्त्वपूर्ण जो क्षेत्र है, जिसमें मैं समझता हूँ कि संपूर्ण क्रांति या आमूल परिवर्तन होना चाहिए, वह है शिक्षा का क्षेत्र। शिक्षा में कोई मौलिक परिवर्तन तब तक संभव नहीं है, जब तक कि या तो उपाधियाँ समाप्त न कर दी जाएँ या उपाधियों का रोजगार से कोई संबंध न रहे। आज तो विद्यार्थी कुछ सीखे हों या न सीखे हों, फिर भी उनके नाम के सामने बी.ए. और एम.ए. की डिग्री हो जाने से नौकरी के लायक मान लिये जाते हैं और ज्यादातर लोग पढ़ाई इसीलिए

पढ़ते हैं, सीखने के लिए नहीं, क्योंकि नौकरी के लिए दरवाजा खुलता है। अत: घोषणा कर दें कि केवल डिग्री के आधार पर नौकरी नहीं मिलेगी। हम जिस काम के लिए लोगों को नौकर रखेंगे, उसके लिए अलग से परीक्षा ले लेंगे तो हो सकता है कि यूनिवर्सिटी की औपचारिक शिक्षा किसी को बिल्कुल न मिली हो। फिर भी वह परीक्षा में पास कर जाए और जो बी.ए. तथा एम.ए. हैं, वे फेल हो जाएँ। जब तक डिग्रियों और नौकरी का संबंध तोड़ा नहीं जाएगा, तब तक डिग्री का यह झूठा मोह दूर नहीं होगा।

'शिक्षा-प्रणाली को इस तरह गठित किया जाए कि उसका सीधा संबंध देश की समस्याओं से जुड़ सके। यह व्यवस्था भी हो कि न्यूनतम शिक्षा सभी को मिल सके। इस तरह अज्ञान और निरक्षरता का समूल नाश किया जा सके। शिक्षा की पद्धति में ऐसा परिवर्तन हो, जिससे विद्यार्थी की बुद्धि का विकास हो और वह किसी भी प्रश्न के ऊपर विचार कर सके। इस प्रकार की शक्ति उसमें पैदा हो। यदि शिक्षा से इस प्रकार की शिक्षा पैदा न हुई तो वह बेकार शिक्षा है।

'शिक्षा-व्यवस्था बुनियादी रूप से वही रह गई है, जो अंग्रेजी शासन में थी, यानी शिखर पर पहुँचानेवाले सोपान तुल्य वर्ग-शिक्षा का रूप ही उसका रह गया

है। शिक्षाशास्त्री आमतौर से मानते हैं कि दिमाग की शिक्षा हो और उसके साथ-साथ हाथ की भी शिक्षा हो। दिमाग और हाथ मिलकर काम करें, यानी शिक्षा में श्रम का काफी बड़ा पुट हो। अब शहर में श्रम का एक रूप होगा, देहात में उसका दूसरा रूप होगा। फिर भी शिक्षा में श्रम का स्थान होगा। इस दिशा में नई तालीम की बहुत सी संस्थाओं ने प्रयोग किए हैं, उसका लाभ उठाया जा सकता है। हाफ-हाफ स्कूल या 1 घंटे की पाठशालावाली बात पर भी सोचा जा सकता है। शिक्षा में क्रांति का पहला चरम यही हो सकता है कि शिक्षा श्रममूलक हो और न्यूनतम शिक्षा सभी को प्राप्त हो।'

एक अगस्त को जयप्रकाश ने लोगों से कर नहीं देने का आह्वान किया। 15 अगस्त को छात्र संघर्ष समिति द्वारा स्वतंत्रता दिवस के शुभ अवसर पर भारी संख्या में लोगों से भाग लेने का आह्वान किया गया।

10 अक्तूबर, 1974 के दिन पटना में एक विशाल रैली में जयप्रकाश नारायण ने बिहार सरकार से कहा कि वह विधानसभा को भंग कर दे, साथ ही यह भी चेतावनी दी कि अगर विधानसभा भंग नहीं होती है तो जनता अपनी विधानसभा खुद गठित कर लेगी तथा वास्तविक विधानसभा की वैधता को मानने से इनकार कर दिया जाएगा। उन्होंने चेतावनी दी कि 4 नवंबर, 1974 को सरकारी सचिवालय पर हमला बोला जाएगा तथा सरकारी तंत्र को पंगु बना दिया जाएगा। बिहार सरकार को मेरी ईमानदार चेतावनी है कि 'यदि वह इसी प्रकार व्यवहार करती रही और जनता के शांतिपूर्ण आंदोलनों को कुचलती रही तो हिंसक विस्फोट होकर रहेगा। लगता है कि सरकार लोगों के मूड को बिल्कुल भी नहीं समझ पा रही है। मुझे यह कहना है कि मैं भ्रष्टाचार और कुशासन का मौन दर्शक नहीं रह सकता, फिर चाहे वह पटना में हो या दिल्ली में हो या और कहीं। कम-से-कम उसके लिए आजादी की लड़ाई मैं नहीं लड़ा था। एक मंत्रिमंडल को हटाए जाने और उसकी जगह दूसरा बनाए जाने या विधानसभा का विसर्जन करवाने में मेरी रुचि नहीं है। ये पक्षगत लक्ष्य हैं और इनकी पूर्ति से कोई अंतर नहीं पड़ेगा, लेकिन भ्रष्टाचार और कुशासन, कालाबाजारी, मुनाफाखोरी तथा जमाखोरी के खिलाफ मैंने लड़ना तय किया है, शिक्षा-व्यवस्था में परिवर्तन एवं लोगों के सच्चे लोकतंत्र के लिए संघर्ष करना तय है।'

4 नवंबर को जनता को पटना में एकत्र होने से रोकने के लिए भी सरकारी तंत्र ने सारे उपायों का सहारा लिया। बस एवं ट्रेनों की सेवा को भंग कर दिया गया, पर इन सबके बावजूद भारी जनसमूह पटना पहुँचा। लोगों पर लाठीचार्ज किया गया। इसमें जयप्रकाश को काफी चोटें आईं।

आंदोलन बिहार से बाहर फैलने लगा था। लोग समझ चुके थे कि कांग्रेस सरकार तानाशाही तरीके से शासन कर रही है। इसी असंतोष एवं विद्रोह की लहर के बीच 6 मार्च, 1975 को जयप्रकाश के नेतृत्व में दिल्ली में एक विशाल रैली आयोजित की गई। रैली में नारा दिया गया, 'सिंहासन खाली करो कि जनता आती है।'

□

सोलह

वैसे तो नेहरू के समय से ही जयप्रकाश राजनीति से अलग हो गए थे और अपना पूरा समय भूदान आंदोलन में लगाए हुए थे; परंतु इधर देश में कुछ अजीब स्थिति उत्पन्न हो गई। कांग्रेस सत्ताधारी पार्टी ने अपने आपको एकमात्र भारत की संप्रभु पार्टी समझ रखा था और तानाशाह रूप ले रखा था। देश के विभिन्न भूभागों से सत्ता के खिलाफ बगावत शुरू हो गई थी। वरिष्ठ नागरिक, प्रबुद्ध वर्ग, नवयुवक वर्ग, सभी आंदोलन के लिए सड़क पर उतर आए थे। देशवासियों में व्याप्त अराजकता एवं विपरीत परिस्थिति से जयप्रकाश अनभिज्ञ नहीं थे, परंतु वे दोबारा राजनीति में अभिरुचि नहीं लेना चाहते थे। हालाँकि बचपन से ही जयप्रकाश में जन्मजात लक्षण था, अन्याय के विरुद्ध आवाज उठाना। उन्हें सरकार की तानाशाही बरदाश्त तो नहीं हो रही थी, परंतु वे प्रत्यक्ष रूप में न आकर अप्रत्यक्ष रूप में असंतुष्ट देशवासियों को दिशा-निर्देश दे रहे थे। बिहार के लोग, जो जयप्रकाश को अपनी खानदानी विरासत समझते थे, भला उन्हें परदे के अंदर कब तक रहने देते? फलतः गोपनीय ढंग से आंदोलनकारियों को दिशा-निर्देशित कर रहे जयप्रकाश को खुलेआम होना पड़ा। 19 अप्रैल, 1974 को ही पटना के गांधी मैदान की विशाल सभा में, उन्हें वर्तमान केंद्र में सामान्य सत्ता एवं माहौल कायम करने की बागडोर थमा दी गई, परंतु फिर भी वे इस समय तक पूर्णतः प्रत्यक्ष रूप में सत्ता के सामने नहीं आए थे। उस समय प्रधानमंत्री श्रीमती इंदिरा गांधी थीं। जब वे अपने नेतृत्व में एक विशाल रैली का आयोजन दिल्ली में कर रहे थे, उसी समय कुछ ऐसी घटनाएँ हुईं, जिसमें जयप्रकाश को प्रत्यक्ष हो जाना पड़ा और देश में सत्ता परिवर्तन का मार्ग प्रशस्त हो गया।

आंदोलन व आक्रोश के इस समय में दो ऐसी घटनाएँ हुईं, जिसने कांग्रेसी सत्ता को हिलाकर रख दिया। 12 जून, 1975 को इलाहाबाद हाई कोर्ट ने इंदिरा गांधी के लोकसभा में चयन को गैर-कानूनी घोषित कर दिया। हाई कोर्ट ने कहा कि इंदिरा गांधी ने अपने चयन के लिए गैर-कानूनी तरीकों का सहारा लिया। इसके साथ ही, कोर्ट ने इंदिरा गांधी की लोकसभा सदस्यता को रद्द कर दिया। इंदिरा गांधी को कोर्ट द्वारा सुप्रीम कोर्ट में अपील करने के लिए 20 दिनों का समय दिया गया। दूसरी तरफ, गुजरात विधानसभा के चुनाव में जनता मोर्चा ने कांग्रेसी सरकार को उखाड़ फेंका।

देश के प्रधानमंत्री की लोकसभा सदस्यता गैर-कानूनी घोषित होते ही सारा देश आश्चर्यचकित हो उठा। अपील के लिए दिए गए 20 दिनों के पहले ही, 26 जून को इंदिरा गांधी द्वारा देश में आंतरिक आपातकाल की घोषणा कर दी गई। विपक्ष के प्रमुख नेताओं जैसे मोरारजी देसाई, अटल बिहारी वाजपेयी इत्यादि को गिरफ्तार कर लिया गया। जयप्रकाशजी ने इंदिरा गांधी से इस्तीफे की माँग की।

जयप्रकाश नारायण ने निराशा प्रकट करते हुए कहा था, ''जब देश पर अचानक आपात् स्थिति लाद दी गई, तब लोगों की जो प्रतिक्रिया हुई, वह उतनी उत्कट एवं उतनी अधिक नहीं हुई, जितनी होनी चाहिए थी। बेशक सभी नेताओं को एक साथ पकड़ लिये जाने और पूरे देश में व्यापक पैमाने पर गिरफ्तारी के कारण लोग हतप्रभ हो गए और सत्ता का भय भी लोगों के मन में बैठ गया। यह

भी ठीक है कि लाखों लोगों को जेल के सींखचों के पीछे धकेल दिया गया। फिर भी करोड़ों बाहर थे, करोड़ों नौजवान बाहर थे, भाई-बहन बाहर थे, उन्होंने तो तानाशाही को चुपचाप स्वीकार कर लिया।''

26 जून की सुबह जयप्रकाश को भी गिरफ्तार कर लिया गया तथा हरियाणा के सोहना नामक स्थान पर रखा गया। मोरारजी देसाई भी वहीं पर बंदी थे, पर दोनों को मिलने नहीं दिया गया। इसी अवस्था में जयप्रकाश की तबीयत काफी खराब हो चली थी। डॉक्टरों ने कहा कि गुर्दे काम नहीं कर रहे हैं। उन्हें जसलोक अस्पताल, मुंबई में भरती किया गया। वहाँ से डेढ़ महीने बाद उन्हें छोड़ दिया गया, पर हर तीसरे दिन उन्हें डायलेसिस कराना पड़ता था।

इसी बीच पुलिस और खुफिया विभाग को आंदोलन को दबाने में झोंक

दिया गया। प्रेस तथा संचार के अन्य साधनों पर पूरी तरह से अंकुश लगा दिया गया। न्यायपालिका की स्वतंत्रता को छीन लिया गया। लाखों लोगों एवं विपक्ष के प्रमुख नेताओं को गिरफ्तार कर लिया गया तथा मीसा के तहत बंदी बना लिया गया, पर विरोध तथा आंदोलन चलता रहा। आपातकाल का यह बादल देश पर करीब 20 महीनों तक छाया रहा। अंतत: जनवरी, 1977 में सरकार ने जनता की शक्ति के आगे झुककर आपातकाल को वापस ले लिया, साथ ही, जनवरी 1977 में ही आम चुनावों की घोषणा इंदिरा गांधी सरकार द्वारा कर दी गई। यद्यपि चुनाव 1976 में ही होने थे, पर सरकार द्वारा लोकसभा का कार्यकाल एक वर्ष के लिए बढ़ा दिया गया था।

जयप्रकाश की सलाह पर सभी विपक्षी दलों ने एकजुट होकर चुनावों में भाग लेने का फैसला किया। इसके लिए सभी दलों ने मिलकर जनता पार्टी का गठन किया। चुनाव का परिणाम कांग्रेस पार्टी के लिए अंधकार का समय लेकर आया। जनता पार्टी को बहुमत प्राप्त हुआ और कांग्रेस को भारी हार का सामना करना पड़ा। इंदिरा गांधी खुद रायबरेली से राजनारायण के सामने चुनाव हार गईं। संजय गांधी को अमेठी से तथा अन्य कांग्रेसी बाहुबलियों को भी हार का सामना करना पड़ा। कांग्रेस की हार ने लोगों में फैले व्यापक गुस्से तथा असंतोष की भावना को प्रदर्शित किया था।

पर इस जीत के बाद जनता पार्टी में प्रधानमंत्री पद को लेकर आपसी विवाद होने लगा। जयप्रकाश नारायण और आचार्य जे.बी. कृपलानी के प्रयासों से मोरारजी देसाई को प्रधानमंत्री पद के लिए चुना गया, पर जनता पार्टी ज्यादा समय तक सत्ता में कायम नहीं रह सकी। सत्ता में आते ही जनता पार्टी में वही हाल हो गया, जो कांग्रेस का था। सत्ता-सुख तथा लोभ की भावना से उसके नेता भी ग्रस्त होने लगे। जयप्रकाश का जनता पार्टी से मोहभंग हो गया और उन्होंने कहा, ''जनता सरकार भी पिछली कांग्रेस सरकार के रास्ते पर ही चल रही है। लोग उम्मीद खो रहे हैं, क्योंकि जनता पार्टी उनकी अपेक्षाओं पर खरी नहीं उतर पा रही है।''

जयप्रकाश की अस्वस्थता बढ़ती जा रही थी। एक बार तो उनका स्वास्थ्य इतना बिगड़ गया कि हड़बड़ी में पी.टी.आई. द्वारा उनकी मृत्यु की खबर को

भी प्रसारित कर दिया गया। आकाशवाणी ने भी उस खबर को प्रसारित कर दिया। बाद में जब समाचार एजेंसियों को जयप्रकाश के जीवित होने की खबर मिली तो इस समाचार को वापस लिया गया। जयप्रकाश का स्वास्थ्य तो इधर सँभलने लगा था, पर जनता पार्टी पर संकट गहराने लगा था। मोरारजी देसाई को प्रधानमंत्री पद से त्यागपत्र देना पड़ा और चौधरी चरण सिंह देश के नए प्रधानमंत्री बन गए।

अस्वस्थ जयप्रकाश इस स्थिति में कुछ करने में अक्षम थे। जनता पार्टी की इस हालत तथा उसके नेताओं में सत्ता की छीना-झपटी को देखकर वे बड़े दुःखी थे। जनता पार्टी इस स्थिति में ज्यादा दिनों तक सत्ता में नहीं रह पाई और जल्दी ही दुबारा चुनाव हुए। इस चुनाव में जनता पार्टी को हार का सामना करना पड़ा तथा कांग्रेस पुनः केंद्र में सत्ता में आ गई। जनता पार्टी का जो भी हश्र हुआ हो, पर तत्कालीन घटनाओं ने कांग्रेस पार्टी के एकमात्र राष्ट्रीय पार्टी होने की विचारधारा को हिलाकर रख दिया। जयप्रकाश ने लोकतंत्र की ताकत का सही रूप दिखला दिया था। जयप्रकाश के अथक प्रयासों के सामने कांग्रेस जैसी पार्टी भी घुटने टेकने को मजबूर हो गई थी।

आजादी के पश्चात् हुए इस आंदोलन में, अब जनता अपनी ही सरकार के विरुद्ध उठ खड़ी हुई थी। उसने देश में एक क्रांतिकारी माहौल का निर्माण किया

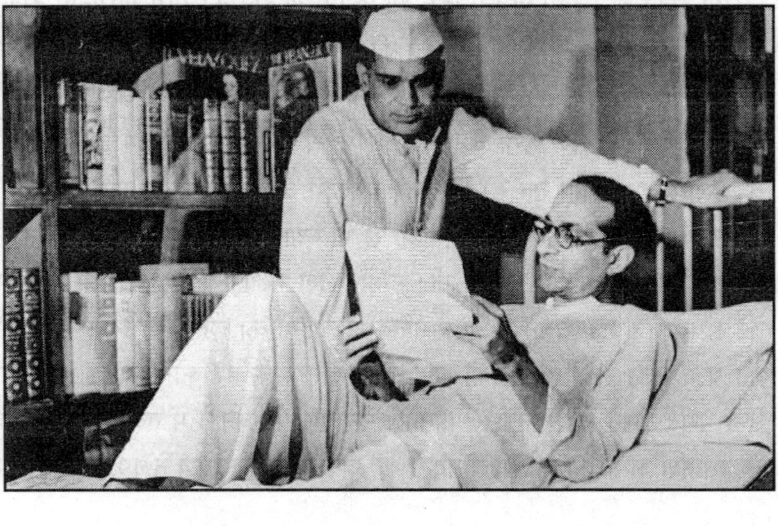

था, जो जयप्रकाश के नेतृत्व के कारण ही संभव हुआ था। जयप्रकाश की बेदाग और निष्पक्ष छवि ही ऐसी थी कि देश का युवा वर्ग उनके नेतृत्व में मरने-मारने को तत्पर था। आज ऐसी नेतृत्व शक्ति शायद ही किसी नेता के पास हो।

जयप्रकाश को हमेशा यह बात कचोटती रही कि आजादी के 30 वर्ष के पश्चात् भी देश की हालत में कोई सुधार नहीं आया। पूरे देश में भ्रष्टाचार एवं बेरोजगारी का माहौल था। शिक्षा-व्यवस्था कमजोर स्थिति में थी तथा भूमि सुधार का कोई नामोनिशान नहीं था। किसानों, विशेषकर भूमिहीन किसानों की स्थिति बद से बदतर होती जा रही थी। इन्हीं परिस्थितियों में उन्होंने संपूर्ण क्रांति की गुहार लगाई थी। संपूर्ण क्रांति के बारे में जयप्रकाश ने अपना विचार प्रकट करते हुए कहा कि मेरे लिए संपूर्ण क्रांति का मतलब होगा—सामाजिक, आर्थिक, राजनीतिक और नैतिक बदलाव। इस बदलाव से देश में एक ऐसी अवस्था आएगी, जहाँ सामान्य जन खुशहाली और समृद्धि का जीवन जीने में सफल होंगे। सामाजिक बदलाव की इस अवस्था में हरिजनों, खेतिहर मजदूरों, भूमिहीन किसानों पर विशेष ध्यान दिया जाएगा। उन्होंने कहा कि समाजवाद, सर्वोदय, साम्यवाद सभी एक ही लक्ष्य हैं, चाहे रास्ता अलग-अलग क्यों न हो और यह लक्ष्य है—संपूर्ण क्रांति।

जयप्रकाश नारायण एक ऐसे नेता थे, जो महात्मा गांधी को चुनौती देने की हिम्मत रखते थे, जिनमें पंडित नेहरू भी प्रधानमंत्री होने की सारी योग्यताएँ देखते थे। जिन्होंने सदैव दलविहीन लोकतंत्र की पैरोकारी की। वे चाहते थे कि प्रतिनिधि सीधे चुनाव जीतकर आएँ, राजनीतिक दलों के चुनाव लड़ने को वे गलत मानते थे। वे किसी भी क्षण सत्ता के चरम पर पहुँच सकते थे, लेकिन उन्होंने सत्ता के बजाय जन-संघर्ष का रास्ता चुना। सरकारी अधिकारी उनके नाम से काँपते थे। उनका प्रभाव, सत्ता में बैठे नेताओं से भी ज्यादा था। उन्होंने संपूर्ण क्रांति से देश की भ्रष्ट सत्ता को चुनौती दी। उन्होंने देश में पहली गैर-कांग्रेसी सरकार को संभव बनाया। जीवन में सदैव नैतिक ऊँचाइयों को छूते रहे। उनके योगदानों की बड़ी लंबी सूची है। उनको चाहनेवाले दुनिया के हर कोने में थे। अमेरिकी उन्हें पसंद करते थे, क्योंकि जयप्रकाश नारायण को बनाने में तब के जुझारू व मेहनतकश अमेरिका का भी योगदान था, जयप्रकाश नारायण ने 1922 से 1929

तक अमेरिका में रहकर मजदूरी करते हुए अध्ययन किया था।

जयप्रकाश नारायण के संघर्ष की कहानी से क्या सीखने को मिलता है? सबसे बड़ी सीख यह है कि बिजली, सड़क, पानी और रोजगार के मुद्दों को अनदेखा करने से सरकार की लोकप्रियता घटते देर नहीं लगती है।

गांधीजी के देहावसान के बाद जयप्रकाश ने अपने को अधिक उत्तरदाई व्यक्ति के रूप में ढाला और देश को अपने समाजवादी विचारों के अनुकूल बनाने की कोशिश की। उन्होंने कहा, "दुनिया में बड़ी-बड़ी क्रांतियाँ हुई हैं,

इनकलाब हुए हैं। फ्रांस में क्रांति हुई, रूस में क्रांति हुई, अमेरिका स्वतंत्र हुआ, वह भी एक क्रांति हुई, चीन में क्रांति हुई। दुनिया की ये सभी क्रांतियाँ सफल हुईं, उसके बाद क्या हुआ? हर एक क्रांति में यह देखने को मिलता है कि उस क्रांति का सबसे बड़ा नेता अपने देश के सर्वोच्च सिंहासन पर जा बैठा। उसने सरकार की बागडोर अपने हाथ में ले ली। क्रांति का उद्‍देश्य पूरा करने के लिए, परिवर्तन के लक्ष्य को प्राप्त करने के लिए, नए समाज का निर्माण करने के लिए हर एक ने सत्ता ग्रहण की। अमेरिका में जॉर्ज वॉशिंगटन ने ऐसा किया। फ्रांस में एक के बाद एक नेता सत्ता अपने हाथ में लेते रहे। रूस में लेनिन ने भी सत्ता ग्रहण की। चीन, तुर्की, अल्जीरिया और क्यूबा सभी जगह ऐसा ही हुआ। केवल गांधीजी ही एक ऐसे नेता निकले, जिन्होंने अपने हाथ में सत्ता नहीं ली।"

पचास के दशक में आई पुस्तक 'राज्य-व्यवस्था की पुनर्रचना' में भी वे राष्ट्र के समतामूलक आदर्श को उन प्रजातांत्रिक मानकों में देखते हैं, जिन पर सत्ता का नहीं, जनता का अधिकार होता है। जवाहरलाल नेहरू की नीतियों से असहमति के कारण ही उन्होंने केंद्रीय मंत्रिमंडल में शामिल होना स्वीकार नहीं किया। सत्ता को अपने स्वभाव के विपरीत मानकर ही उससे दूरी बनाई। वे सही अर्थों में गांधी के उस उत्तराधिकार को मानते थे, जिसमें नि:स्वार्थ सेवाभाव प्रमुख था। यही कारण है कि 1967 में जब सर्वसम्मति से उन्हें देश के राष्ट्रपति पद पर बैठाने की बात आई तो उन्होंने इनकार करते हुए, जो आदर्श प्रस्तुत किया, उसकी मिसाल खोजना मुश्किल है, लेकिन सही मायनों में जयप्रकाश की राष्ट्रीय भूमिका 1974 के बिहार आंदोलन के रूप में सामने आई, जब उन्होंने कांग्रेसी कुशासन को उखाड़ फेंकने का आह्वान किया और स्वाधीनता के बाद के सबसे बड़े आंदोलन का नेतृत्व किया।

□

सत्रह

आपात् स्थिति का लगना, देशव्यापी अशांति और स्वयं जयप्रकाश के उत्पीड़न के इतिहास से शायद ही कोई हो, जो परिचित न हो। जयप्रकाश का यह लोकनायकत्व था, जिसने कांग्रेस के कुशासन से मुक्ति दिलाई और जनता पार्टी का शासन कायम हुआ। यह एक सत्याग्रही के रूप में गांधी के उत्तराधिकार की कसौटी थी, जिस पर जयप्रकाश ने खरा होकर दिखाया, लेकिन उन्होंने सर्वोदय के जिस संपूर्ण क्रांति का स्वप्न देखा था, वह उनके सत्तालोभी अनुयायियों के कारण बिखर गया।

गांधीजी के वास्तविक उत्तराधिकार को एक सत्याग्रही के रूप में जीते हुए लोकनायक की भूमिका में जयप्रकाश ने सर्वोदय को जिस 'संपूर्ण क्रांति' से जोड़ा और उसे 'सप्तक्रांति' का रूप दिया, उसकी प्रासंगिकता पर कभी कोई संदेह न रहा और न उसको क्रियान्वित करने की क्षमता और विश्वसनीयता पर; जिसे सत्तालोभी नेताओं ने कभी गंभीरता से नहीं लिया, ठीक उसी तरह जिस तरह गांधीजी अपने विचारों के साथ जानबूझकर अप्रासंगिक करार दिए गए।

लोकनायक के अनुसार संपूर्ण क्रांति में सात क्रांतियाँ शामिल हैं—राजनीतिक, आर्थिक, सामाजिक, सांस्कृतिक, बौद्धिक, शैक्षणिक व आध्यात्मिक क्रांति। इन सातों क्रांतियों को मिलाकर संपूर्ण क्रांति होती है। संपूर्ण क्रांति की तपिश इतनी भयानक थी कि केंद्र में कांग्रेस को सत्ता से हाथ धोना पड़ गया। जयप्रकाश नारायण की हुँकार पर नौजवानों का जत्था सड़कों पर निकल पड़ता था। बिहार से उठी संपूर्ण क्रांति की चिनगारी देश के कोने-कोने में आग बनकर भड़क उठी थी। जयप्रकाश नारायण घर-घर में क्रांति का पर्याय बन चुके थे।

लालू प्रसाद, नीतीश कुमार, रामविलास पासवान या फिर सुशील मोदी, आज के सारे नेता उसी छात्र युवा संघर्ष वाहिनी का हिस्सा थे।

जयप्रकाश की 'संपूर्ण क्रांति' प्रकारांतर से गांधीजी के स्वराज के संकल्पों का व्यावहारिक प्रत्याख्यान है, जिसमें सत्य, अहिंसा और सत्याग्रह बुनियादी रूप में स्थित हैं, लेकिन 'संपूर्ण क्रांति' का दर्शन पहले समाज को बदलना चाहता है, उसके बाद वह व्यक्ति में बदलाव का कारण बनता है। इस दर्शन को व्यावहारिक स्तर पर क्रियान्वित करने का विचार जयप्रकाश में तब आया, जब उन्होंने देख लिया कि ढाई दशक की स्वाधीनता के बाद भी हम स्वाधीनता को वास्तविक अर्थों में पा सकने में विफल रहे हैं।

अपने समाजवादी विचारों के कारण पहले से ख्यात जयप्रकाश ने कांग्रेस के समानांतर समाजवादी विचारों को हमेशा महत्त्व दिया और उसे प्रभावी बनाने की लगातार कोशिश की। इसमें कोई दो राय नहीं कि उनके 'संपूर्ण क्रांति' के दर्शन में मार्क्सवादी विचारों के साथ-साथ पश्चिमी विचारकों की अवधारणाओं और स्वयं गांधी-विनोबा के विचारों का समन्वय है। व्यक्ति में परिवर्तन को महत्त्व देते हुए भी उनका बल संपूर्ण सामाजिक परिवर्तन पर था, जिससे स्वाधीनता को वास्तविक रूप में पाया जा सके। जयप्रकाश पहले आम चुनाव के बाद से ही मानने लगे थे कि राजसत्ता चाहे जिस रूप में हो, वह कल्याणकारी नहीं हो सकती; क्योंकि उसमें जनता की भागीदारी अप्रभावी रहती है। अपने इन्हीं विचारों के आईने में जब उन्होंने देखा कि राजसत्ता आक्रामक तानाशाह की तरह काम करने लगी है, जिसमें लोकतंत्र सिर्फ ओट भर है, तो वे उठ खड़े हुए और उसे उखाड़कर फेंकने में भी सफल हुए।

उनका 'संपूर्ण क्रांति' का दर्शन जिस सप्तक्रांति का संकल्प लेकर चलता है, उसमें सामाजिक, आर्थिक, राजनीतिक, सांस्कृतिक, नैतिक, बौद्धिक और शैक्षिक क्रांति का समग्र दर्शन है। इस दर्शन के जरिए, जयप्रकाश पूरे देश में आमूल-चूल परिवर्तन चाहते थे, जिसमें सामाजिक जीवन का कोई पक्ष अछूता न था।

इस सप्तक्रांति में सामाजिक क्रांति समरस समाज का पर्याय रही, जो समान भाव से सभी वर्गों और जातियों को देखती है तथा उन्हें बराबर का अधिकार देती है।

आर्थिक क्रांति के जरिए वे अर्थोपार्जन, संपत्ति पर अधिकार, न्यायसंगत उत्पादन तथा वितरण-व्यवस्था सहित आर्थिक व्यवस्था के हर क्षेत्र में प्रत्येक नागरिक की हिस्सेदारी को सुनिश्चित करते हैं।

इसी तरह राजनीतिक क्रांति से उनका आशय यह है कि जनता अपनी सरकार से अधिक प्रभावी हो और राजनीतिक दल सत्ता को लेकर जनता की उपेक्षा न करें। इसी में जनता द्वारा अपने प्रतिनिधियों को वापस बुलाने का अधिकार शामिल है, जिससे राजनीतिक चेतना निर्मित हो सकेगी।

सांस्कृतिक क्रांति के माध्यम से जयप्रकाश देश को सांस्कृतिक रूप से संपन्न करना चाहते थे। जयप्रकाश का स्पष्ट मत था कि बिना सांस्कृतिक क्रांति के हम उस हृदय परिवर्तन की कल्पना नहीं कर सकते, जिससे सामाजिक बदलाव संभव हो सके। धर्म की बुनियादपरस्ती को चुनौती देकर यही सांस्कृतिक क्रांति अपने नागरिकों को राष्ट्रधर्म सिखा सकती है।

बौद्धिक क्रांति से आशय एक ऐसा समाज बनाना, जिसमें वैचारिकता की जगह हो। वे इस प्रसंग में बर्ट्रेंड रसेल को उद्धृत करते हैं, 'अंततः विचार-शक्ति किसी भी अन्य मानवीय शक्ति से बड़ी होती है।' इसमें अभिव्यक्ति की स्वतंत्रता और एक ऐसे वातावरण का निर्माण प्रस्तावित है, जिसमें कला, साहित्य, संस्कृति के विकास का रास्ता प्रशस्त रहे और बौद्धिक वर्ग सतत जागरूकता के साथ जनता की वैचारिक चेतना को प्रखर बनाए रख सके।

जयप्रकाश की शैक्षिक क्रांति सबको शिक्षा का अधिकार देती है और राष्ट्रीय शिक्षा में बुनियादी क्रांति की पैरोकार है। वे ऐसी शिक्षा के पक्षधर हैं, जो रोजगार का आधार तो बने ही, देश और समाज के दायित्वों के प्रति सजगता के साथ राष्ट्र-निर्माण का भाव भी विकसित कर सके।

जयप्रकाश की सप्तक्रांति की अंतिम क्रांति नैतिक-आध्यात्मिक क्रांति है। इसमें वे स्पष्ट मानते हैं कि बिना नैतिक हुए; न तो हम कृतकार्य हो सकेंगे और न हमारा समाज ही शुद्ध हो सकेगा। नैतिक क्रांति के बारे में जयप्रकाश गांधीजी के विचारों के साथ हैं, जिसमें वे कहते हैं कि नैतिक हुए बिना हम दावा नहीं कर सकते कि ईश्वर हमारे पक्ष में खड़ा है। नैतिकता धार्मिकता का ही पर्याय है, जो कभी भी अनुचित, अवाँछित और अपवित्र आचरण की छूट

नहीं देती। स्वयं जयप्रकाश नारायण के शब्दों में—

'पटना के गांधी मैदान की विशाल सभा में बोलते हुए सहज ही मेरे मुँह से पहली बार संपूर्ण क्रांति शब्द निकल पड़े थे। उस दिन मैंने कहा था कि यह आंदोलन छात्र-संघर्ष-समिति की मात्र 10-12 माँगों की पूर्ति के लिए ही नहीं, बल्कि यह संपूर्ण क्रांति की शुरुआत है। इसके उद्देश्य बहुत दूरगामी हैं—भारतीय लोकतंत्र को वास्तविक तथा सुदृढ बनाना, जनता का सच्चा राज कायम करना, समाज से अन्याय और शोषण आदि का अंत करना, एक नैतिक, सांस्कृतिक एवं शैक्षणिक क्रांति करना, नया बिहार बनाना और अंततोगत्वा नया भारत बनाना है। यह एक ऐसा संपूर्ण क्रांति का ही आंदोलन है।

'व्यक्ति और समाज का विकास हो, दोनों ही ऊँचे उठें एवं केवल शासन बदले। इतना ही नहीं, समाज तथा व्यक्ति भी बदले। अत: मैंने इसे संपूर्ण क्रांति कहा है। आप इसे समग्र क्रांति भी कह सकते हैं। समग्र और संपूर्ण में अर्थ की कुछ भिन्नता हो सकती है। अगर इसमें पूर्णता जोड़ दी जाए तो फिर से संपूर्ण समग्र क्रांति कहना चाहिए।

'संपूर्ण क्रांति कोई गद्दी छीनने की, सत्ता हथियाने की लड़ाई नहीं है, बल्कि व्यवस्था-परिवर्तन, प्रक्रिया-परिवर्तन और नव-निर्माण की बात है। यह संपूर्ण क्रांति समस्त जनता की क्रांति है। उसका मोरचा केवल राजधानियों में नहीं

है, बल्कि हर गाँव और शहर में है, हर कार्यालय, विद्यालय एवं कारखाने में है, यहाँ तक कि हर परिवार में है। इन सब मोरचों पर हमें संपूर्ण क्रांति की लड़ाई लड़नी है। जहाँ-जहाँ लोग समूह में रहते और काम करते हैं तथा जहाँ लोगों के परस्पर संबंध हैं, ऐसी सब जगह लड़ाई का मोरचा है। यह मोरचा हर व्यक्ति के अपने अंदर भी है, क्योंकि अपने पुराने एवं गलत संस्कारों से भी हमें लड़ना है। यह संपूर्ण क्रांति है।

'शासन द्वारा समाज में क्रांति और वह भी संपूर्ण क्रांति; दुनिया में आज तक नहीं हुई है। क्रांति तो जनता द्वारा ही होती है। अगर उस समय शासन क्रांति के अनुकूल हो तो उसे बल मिलता है तथा जनता के लिए काम आसान होता है। संपूर्ण क्रांति की कल्पना यह है कि सारे समाज में परिवर्तन हो, समाज के हर अंग में हो, व्यक्ति के जीवन में हो, सामाजिक संस्थाओं के रूप-रंग और चाल-चलन में हो, उनके संघटन और कार्य-पद्धति में हो, इन सबमें परिवर्तन हो। इसके लिए जरूरत है ऐसे लोगों की, जो जनता के बीच निःस्वार्थ भाव से काम करें, जनता को जाग्रत् करें। शासन भी जितना सहायक हो सके, उतना हो, लेकिन यह बात मत भूलिए कि यह काम कार्यकर्ताओं का है, क्रांति में विश्वास रखनेवाले हर व्यक्ति का है, जनता का है।

'समाज-परिवर्तन का काम तो समाज में ही हो सकता है। उसका जो मुख्य साधन होगा, वह होगा लोगों को समझाना। समझाकर उनको बदला भी जाए। जहाँ-जहाँ विरोध खड़ा होता है, निहित स्वार्थों की ओर से, वहाँ वह एक सत्याग्रह का और संघर्ष का रूप ले सकता है। कानून बना देने से कोई समाज नहीं बदलता। संपूर्ण क्रांति सरकारी शक्ति से नहीं, जन शक्ति से हो सकती है।

'जब तक लोकमानस नहीं बदलेगा, तब तक क्रांति, जन-क्रांति, लोक-क्रांति संपूर्ण क्रांति नहीं होगी। संपूर्ण क्रांति के विचारों को किस प्रकार गाँव-गाँव तक फैलाएँ, इस पर गहराई से विचार हो। केवल विचार ही नहीं फैलाएँ, बल्कि गाँव की रचना को भी बदलें।

'यह जो संपूर्ण क्रांति का विचार है, वह सामाजिक जीवन के एक-एक अंग का और एक-एक तंतु का स्पर्श करता है। संपूर्ण क्रांतिकारी परिवर्तन, यानी सामाजिक जीवन के एक-एक अंग में परिवर्तन—विवाह आदि से लेकर चुनाव

और शासन-तंत्र के संचालन तक एक-एक चीज में परिवर्तन। यह है संपूर्ण क्रांति।

'आज हम सबको इस बात का एहसास होना चाहिए और इस बात को बराबर याद रखते हुए यह निश्चय करना चाहिए कि 30 वर्षों के बाद हम एक नया इतिहास बनाने जा रहे हैं। यह केवल मंत्रिमंडल, शासन या नेता में परिवर्तन करने की बात नहीं है, बल्कि हमें एक नए समाज का निर्माण करना है, संपूर्ण क्रांति को लाना है। मैंने जिस संपूर्ण क्रांति की बात की है, उसका सार-सर्वस्व या इतिश्री इंदिराजी की सरकार जाए और उसकी जगह अन्य कोई सरकार आ जाए, इतने मात्र से ही नहीं हो जाती। सन् 1974 का आंदोलन इंदिराजी को सत्ताच्युत करने के लिए शुरू नहीं हुआ था। उसके पीछे एक बहुत दूर का सपना मैंने देखा था। यह एक ऐसी क्रांति का दर्शन कराता था, जो सारे समाज को संपूर्ण रूप से बदल सकता था। उसका नारा तो था, संपूर्ण क्रांति का।

'यह जो संपूर्ण क्रांति की बात है, वह केवल सरकार द्वारा कदापि संभव नहीं है। इस क्रांति का स्वरूप एक जन-आंदोलन का ही हो सकता है। इस आंदोलन में देश का युवा वर्ग होगा। अब तक हमने जो संघर्ष चलाए, वे संपूर्ण क्रांति का लक्ष्य रखकर ही चलाए। इसके द्वारा समाज-जीवन के प्रत्येक क्षेत्र में और उसके तमाम संगठनों में क्रांति लाने की मेरी कल्पना थी और आज भी है। उसका उद्देश्य जैसा कि उस समय ही मैंने कहा था कि छोटे-मोटे सुधार नहीं, बल्कि संपूर्ण क्रांति है। जब संपूर्ण क्रांति होगी, तभी सर्वोदय होगा और जहाँ सर्वोदय नहीं है, वहाँ संपूर्ण क्रांति नहीं है।'

अपने इन्हीं विचारों और नेतृत्व-शक्ति के बल पर जयप्रकाश युवाओं के नेता बन गए। त्याग और ईमानदारी की एक जीती-जागती मिसाल बनकर ही अस्वस्थ और वृद्ध जयप्रकाश देश के युवाओं के नेता बन पाए थे।

उन्होंने सदा ही अपने आपको सत्ता-सुख से अलग रखा तथा सेवा-भावना को सर्वोपरि स्थान दिया। अगर वे चाहते तो आसानी से प्रधानमंत्री के पद को पा सकते थे, पर उन्होंने सदा ही अपने आपको एक वैचारिक तथा नैतिक शक्ति के प्रतीक के रूप में बनाए रखा। उनकी यही शक्ति उनके रास्ते पर चलनेवाले लोगों के लिए प्रेरणा का स्रोत रही।

जयप्रकाश ने अमेरिकी विश्वविद्यालय में सात वर्ष तक अध्ययन किया,

जहाँ वे मार्क्सवादी दर्शन से गहरे प्रभावित हुए। अमेरिका में अपना अध्ययन सुचारु रूप से चलाने के लिए बूट पॉलिश और घरों में साफ-सफाई आदि कार्य करते हुए उन्होंने श्रमिक जीवन के अनुभव प्राप्त किए। अमेरिका में ही वे मार्क्सवाद के प्रभाव में आए और यहीं उन्होंने एम.एन. रॉय की रचनाओं का भी अध्ययन किया।

भारत के स्वाधीनता संग्राम के वे प्रमुख सेनानी थे। देश की स्वतंत्रता के पश्चात् उन्होंने सरकार के किसी पद पर रहना स्वीकार नहीं किया। जयप्रकाश का महत्त्व 1977 के सत्ता-परिवर्तन में नहीं, वरन् इस बात में है कि उन्होंने जनता को अपनी शक्ति से परिचित कराया और शासक वर्ग को जनशक्ति से परिचित कराकर सदैव के लिए भविष्य के शासक वर्ग को भी चेतावनी देने का कार्य किया। उन्होंने समस्त व्यवस्था को लोकशक्ति से परिचित कराया। जनता ने प्रेम और श्रद्धा के साथ उन्हें 'लोकनायक' का सम्मानित नाम दिया।

जयप्रकाश नारायण न होते तो शायद इंदिरा गांधी का आपातकाल वाला वह रूप भी न दिखता और उन्हें रोकनेवाला भी कोई नहीं था। अगर जयप्रकाश नारायण के नेतृत्व में युवाओं ने गुजरात और फिर बिहार में आंदोलन न किया होता तथा पहले बिहार के मुख्यमंत्री अब्दुल गफूर से और बाद में सुप्रीम कोर्ट से चुनाव का मुकदमा हारनेवाली प्रधानमंत्री इंदिरा गांधी से इस्तीफा न माँगा गया होता तो शायद इतना टकराव न होता और आपातकाल भी न लगा होता।

जयप्रकाश नारायण को देश की पूर्व प्रधानमंत्री इंदिरा गांधी के मुखर विरोध के लिए जाना जाता है। उनके आंदोलन की वजह से ही इंदिरा गांधी के हाथ से सत्ता छिन गई थी। इंदिरा गांधी के शासन के दौरान देश महँगाई से लेकर कई बुनियादी आवश्यकताओं की पूर्ति न होने की कठिनाइयों से जूझ रहा था और जनता सत्ता के मद में डूबी इंदिरा गांधी की सरकार से परेशान थी। उस वक्त जयप्रकाश नारायण ने सत्ता के खिलाफ आवाज उठाने का फैसला किया और उन्होंने इंदिरा गांधी को पत्र लिखकर देश के बिगड़ते हालात के बारे में बताया। उसके बाद देश के अन्य सासंदों को भी पत्र लिखा और इंदिरा गांधी के कई फैसलों को लोकतंत्र के लिए खतरा बताया।

जयप्रकाश नारायण के इस पत्र से राजनीतिक जगत् में तहलका मच गया,

क्योंकि पहली बार किसी ने इंदिरा गांधी के खिलाफ सीधे आवाज उठाई थी, साथ ही उन्होंने सांसदों को लिखे अपने पत्र में लोकपाल बनाने और लोकायुक्त को नियुक्त करने की भी माँग की, साथ ही जेपी ने भ्रष्टाचार के खिलाफ बनाई गई कमेटी की आवाज दबाने का आरोप भी इंदिरा गांधी पर लगाया था।

वहीं इंदिरा गांधी ने राज्यों की कांग्रेस सरकारों से चंदा देने की माँग की। इस दौरान गुजरात के तत्कालीन मुख्यमंत्री चिमनभाई पटेल से भी 10 लाख रुपए की माँग की गई और कोष बढ़ाने के लिए कई चीजों के दाम बढ़ा दिए गए, इसके बाद प्रदेश में आंदोलन हुए और पुलिस की बर्बरता से कई आंदोलनकारी मारे गए। इस दौरान 24 जनवरी, 1974 को मुख्यमंत्री के इस्तीफे की तारीख तय कर दी गई, लेकिन चिमनभाई के रवैये से आंदोलन और भड़क गया। उसके बाद जयप्रकाश नारायण ने आंदोलन का समर्थन किया, जिसके बाद उन्हें गुजरात बुलाया गया।

जयप्रकाश नारायण के गुजरात जाने से पहले इंदिरा ने राज्यपाल के जरिए सत्ता अपने ही हाथ में रखने की कोशिश की और 9 फरवरी, 1974 को जयप्रकाश नारायण के गुजरात आने से दो दिन पहले ही चिमनभाई से इस्तीफा दिलवा दिया और प्रदेश में राष्ट्रपति शासन लगा दिया। उसके बाद मोरारजी

देसाई ने नारायण के साथ दोबारा चुनाव करवाने की माँग की, साथ ही यह आंदोलन बिहार जैसे अन्य राज्यों में भी फैलने लगा। उसके बाद रेलवे के लाखों कर्मचारी हड़ताल पर चले गए, जिससे इंदिरा गांधी के सामने परेशानी खड़ी होने लगी कि आखिर पहले किससे निपटा जाए?

बिहार में भी गुजरात की तरह छात्रों ने आंदोलन किया और विधानसभा की ओर कूच किया। उसके बाद छात्रों के खिलाफ एक्शन लिया गया, गोलियाँ चलाई गईं, जिसमें कई छात्र मारे गए और जयप्रकाश नारायण से आंदोलन की कमान सँभालने की माँग की गई। हालाँकि जयप्रकाश नारायण ने आंदोलन की कमान सँभालने से पहले कहा कि इस आंदोलन में कोई भी व्यक्ति किसी भी पार्टी से जुड़ा हुआ नहीं होना चाहिए। उसके बाद लोगों ने उनकी सभी माँगें मान लीं और राजनीतिक पार्टियों से जुड़े हुए छात्रों ने भी इस्तीफा देकर जयप्रकाश नारायण के साथ जाने का फैसला किया। इसमें कांग्रेस के भी कई छात्र शामिल थे और सभी छात्र बिहार छात्र संघर्ष समिति के बैनर तले आंदोलन में कूद गए। इसके बाद, जयप्रकाश नारायण ने अपने हाथ में आंदोलन की कमान ले ली और बिहार के मुख्यमंत्री अब्दुल गफूर से इस्तीफे की माँग की।

उस दौरान जयप्रकाश नारायण ने कहा कि उनकी भ्रष्टाचार, कालाबाजारी आदि के खिलाफ लड़ाई जारी है और उन्होंने आंदोलन को जारी रखने की बात कही। उसके बाद इंदिरा गांधी ने जयप्रकाश नारायण की ओर इंगित करते हुए कहा कि कुछ लोग ग्राम विकास में अपनी रुचि खोकर सक्रिय राजनीति में उतरने की कोशिश कर रहे हैं। उसके बाद से कांग्रेसियों समेत कई लोग इसका विरोध करने लगे। इसके बाद, इंदिरा के जयप्रकाश विरोधी बयानों से आंदोलन बढ़ता गया और जयप्रकाश नारायण ने आंदोलन को तीखा करने का काम किया। नारायण ने सरकार को हटाने को लेकर आंदोलन और तेज कर दिया।

8 अप्रैल, 1974 को जयप्रकाश नारायण ने विरोध के लिए जुलूस निकाला, जिसमें सत्ता के खिलाफ आक्रोशित जनता ने हिस्सा लिया। इसमें हजारों नहीं, लाखों लोगों ने भाग लिया और खुद जयप्रकाश नारायण ने इसकी अगुवाई की। नारायण के इस आंदोलन से इंदिरा गांधी के नीचे से सत्ता की जमीन खिसकने लगी और बाद में, इंदिरा को विरोध का इतना सामना करना पड़ा कि उनके हाथ

में सत्ता ज्यादा वक्त तक नहीं बची रही।

इंदिरा को हरानेवाले जयप्रकाश नारायण की पत्नी, प्रभावती इंदिरा को अपनी बेटी जैसी मानती थीं, क्योंकि वे उनकी सखी कमला नेहरू की बेटी थीं। कहते हैं कि अगर प्रभावती जीवित रहतीं तो शायद जयप्रकाश नारायण यह आंदोलन ही नहीं खड़ा कर पाते। सन् 1973 में, कैंसर से प्रभावती की मौत के बाद जयप्रकाश नारायण बहुत अकेले पड़ गए। इस पीड़ा से उबरने में जयप्रकाश नारायण को करीब एक साल लग गया।

1977 में जयप्रकाश नारायण के आंदोलन के फलस्वरूप इंदिरा को हराकर जब जनता पार्टी सत्ता में पहुँची, तो 24 मार्च को दिल्ली के रामलीला मैदान में विजय रैली का आयोजन किया गया, लेकिन खुद जयप्रकाश नारायण ही उस रैली में नहीं पहुँचे। अपनी राजनीतिक विजय के सबसे बड़े दिन जयप्रकाश नारायण गांधी शांति प्रतिष्ठान से निकलकर रामलीला मैदान जाने की जगह सफदरजंग रोड की एक नंबर कोठी में गए, जहाँ पहली बार हारी हुई इंदिरा बैठी थीं। जयप्रकाश नारायण से मिलकर इंदिरा के आँसू आ गए, लेकिन उससे भी ज्यादा हैरत की बात थी कि अपनी पराजित पुत्री के सामने जीते हुए जयप्रकाश नारायण भी रो रहे थे।

भ्रष्टाचार विरोध से शुरू उस आंदोलन को जयप्रकाश नारायण ने हिंसा से दूर ले जाकर अहिंसक बनाया और उसे महज सत्ता परिवर्तन की रणनीति की बजाय संपूर्ण क्रांति के सिद्धांत का बाना पहनाने का प्रयास किया। आपातकाल लगने के कारण वह आंदोलन लोकतंत्र वापसी का आंदोलन बनकर रह गया और बाद में विपक्षी दलों की एकता के साथ चुनाव जीतने और सरकार बनाने तक सिमट गया। हालाँकि जयप्रकाश नारायण के आंदोलन को दूसरी आजादी का आंदोलन कहा गया और उसी की वजह से मुख्यधारा की राजनीति से हाशिए पर जा चुके जयप्रकाश नारायण, एकदम प्रासंगिक हो उठे। कांग्रेस का तंबू स्थायी रूप से उखड़ गया और समाजवादी, गांधीवादी, जनसंघी और कम्युनिस्टों समेत तमाम विपक्षी दलों को यह आत्मविश्वास आया कि वे भी केंद्र में सरकार बना सकते हैं।

□

अठारह

जयप्रकाश नारायण की विरासत क्या है और भारतीय राष्ट्र और इस लोकतंत्र के निर्माण में उनका क्या योगदान है, यही वह विषय है, जिसे आज के युवाओं और लोकतांत्रिक नागरिकों को समझाने की जरूरत है। जयप्रकाश कौन थे, इसका एक ओजपूर्ण परिचय रामधारी सिंह 'दिनकर' की उन पंक्तियों से मिलता है, जो उन्होंने 1946 में जयप्रकाश नारायण के जेल से रिहा होने के बाद लिखी थीं और पटना के गांधी मैदान में जयप्रकाश नारायण के स्वागत में उमड़ी लाखों लोगों के सामने पढ़ी थीं। यथा—

कहते हैं उसको जयप्रकाश, जो नहीं मरण से डरता है,
ज्वाला को बुझते देख, कुंड में स्वयं कूद जो पड़ता है।
है जयप्रकाश वह जो न कभी सीमित रह सकता घेरे में,
अपनी मशाल जो जला बाँटता फिरता ज्योति अँधेरे में।
हाँ जयप्रकाश है नाम समय की करवट का, अँगड़ाई का,
भूचाल, बवंडर के दावों से, भरी हुई तरुणाई का।
है जयप्रकाश वह नाम, जिसे इतिहास समादार देता है,
बढ़कर जिनके पदचिह्नों को उर पर अंकित कर लेता है।

सन् 1946 की इस काव्य रचना से पहले जयप्रकाश नारायण की युवा अवस्था बेहद तूफानी रही। अमेरिका में मजदूरी करके वहाँ के कई विश्वविद्यालयों में बी.ए. और उसके बाद समाजशास्त्र में एम.ए. करने के बाद वे पी-एच.डी. की तैयारी कर रहे थे, तभी माँ की बीमारी के कारण स्वदेश वापस लौटना पड़ा।

वे गांधी के अहिंसक सिद्धांत में पूरा यकीन नहीं करते थे। उन्होंने गांधी के नेतृत्व में कांग्रेस की छतरी स्वीकार तो की, लेकिन भूमिगत आंदोलन, छापामार युद्ध और वर्ग संघर्ष के सिद्धांत में विश्वास नहीं छोड़ा।

जयप्रकाश नारायण ने 'व्हाई सोशलिज्म' (समाजवाद क्यों) नाम से जो पुस्तक लिखी, उसे पढ़कर ई.एम.एस. नंबूदिरीपाद कम्युनिस्ट बने। जयप्रकाश नारायण के समाजवाद के ज्ञान पर गांधीजी ने स्वयं लिखा है कि जयप्रकाश कोई साधारण कार्यकर्ता नहीं हैं। वे समाजवाद के आचार्य हैं और भारत में समाजवाद के बारे में उनसे ज्यादा कोई नहीं जानता।

जयप्रकाश नारायण की विरासत प्रेरणादायक इसलिए है, क्योंकि वह सत्ता से दूर सतत संघर्ष की है और मानवीय स्वाधीनता के समाजवादी मूल्यों पर आधारित नया समाज रचने की है। वे दक्षिणपंथी और वामपंथी कठघरे से

दूर अपनी राह खुद बनानेवाले लोकनायक हैं और उनका मूल्यांकन भी उसी व्यापक फलक पर होना चाहिए।

उन्हें यकीन था कि वे वामपंथियों और दक्षिणपंथियों का समवेत हृदय परिवर्तन करके, उन्हें क्रांतिकारी बना सकते हैं। जयप्रकाश के प्रयोगों में दोष हैं और विफलताएँ भी हैं, लेकिन भारतीय मानस में वे अपनी लोकप्रिय उपस्थिति दर्ज करा सके तो इसकी वजह यही है कि उन्होंने सारे संघर्ष किसी स्वार्थ के लिए नहीं, परमार्थ के लिए किए। वे निश्छल थे और सामनेवाले पर सहज विश्वास भी कर लेते थे।

अगर भारत छोड़ो आंदोलन के दौरान 1942 में, 40 साल की उम्र में गिरफ्तार होकर और फिर हजारीबाग जेल से दीवाली की रात 8 नवंबर, 1942 को भागकर उन्होंने अंग्रेज सरकार की नींद हराम कर दी थी, तो 1974 में बहत्तर साल की उम्र में जेल की यातना झेलकर अधिनायकवाद की ओर जा रहे, भारतीय लोकतंत्र की आत्मा को जगा दिया था।

वे भारतीय लोकतंत्र की आत्मा की आवाज थे, इसीलिए 1974 में वे भारतीय लोकतंत्र के सन्नाटे में सत्य की आवाज के रूप में जिस तरह प्रकट होते हैं, उसका वर्णन करते हुए धर्मवीर भारती प्रसिद्ध कविता 'मुनादी' में लिखते हैं—

खलक खुदा का, मुलुक बाश्शा का
हुकुम शहर कोतवाल का
हर खासोआम को आगाह किया जाता है
खबरदार रहें
और अपने-अपने किवाड़ों को अंदर से
कुंडी चढ़ाकर बंद कर लें
गिरा लें खिड़कियों के परदे
और बच्चों को बाहर सड़क पर न भेजें
क्योंकि एक बहत्तर साल का बूढ़ा आदमी
अपनी काँपती कमजोर आवाज में
सड़कों पर सच बोलता हुआ निकल पड़ा है।

जयप्रकाश नारायण की विरासत का मूल्यांकन सिर्फ 1974 के उस आंदोलन के आधार पर नहीं किया जा सकता, जिसमें सी.पी.एम. से आंदोलन में शामिल होने के बार-बार आग्रह के बावजूद वे जनसंघ और आर.एस.एस. के लोगों से घिर गए। माकपा वाले कहते थे कि पहले संघ वालों को आंदोलन से बाहर करो, तब हम आएँगे और जयप्रकाश नारायण कहते थे, आप आइए, साथ वे अपने आप बाहर हो जाएँगे। सन् 1942 की तरह माकपा की 1974 की यह झिझक भी भारतीय इतिहास पर भारी पड़ती है। जयप्रकाश नारायण को इस बात का अफसोस था कि उनके साथ न तो संगठित रूप से समाजवादी आए और न ही गांधीवादी।

समाजवादी बिखर चुके थे और गांधीवादी लोग किसी हद तक विनोबाजी के प्रभाव में थे। इसकी कमी पूरी करने के लिए उन्होंने छात्र युवा संघर्ष वाहिनी नामक संगठन बनाया और उसके माध्यम से परिवर्तन का नैतिक और क्रांतिकारी लक्ष्य रखा। वे लोकतंत्र को एक चुनाव से दूसरे चुनाव का कारोबार बनाने से अलग, गैर दलीय लोकतंत्र और नैतिकता पर आधारित समाज की ओर ले जाना चाहते थे।

उन्होंने सारे विपक्षी दलों को मिलाकर जनता पार्टी का गठन किया तो उसमें शामिल होनेवालों से शपथ-पत्र भरवाया कि वे आर.एस.एस. को छोड़कर उसमें शामिल होंगे। सतहत्तर में तो खैर, वे बूढ़े और बीमार हो चले थे, लेकिन 1964 में उनके सामने प्रधानमंत्री बनने का भी प्रस्ताव था। इस बात का जयप्रकाश नारायण ने अपनी चंडीगढ़ अस्पताल में लिखी कविता में संकेत दिया है—

रुकना नहीं मुझको कहीं
जीवन विफलताओं से भरा है,
सफलताएँ जब कभी आईं निकट।
दूर ठेला है उन्हें निज मार्ग से,
तो क्या वह मूर्खता थी?
नहीं!
सफलता और विफलता की परिभाषाएँ
भिन्न हैं मेरी।

इतिहास से पूछो कि वर्षों पूर्व,
बन नहीं सकता था प्रधानमंत्री क्या ?
किंतु मुझ क्रांति-शोधक के लिए
कुछ अन्य ही पथ मान्य थे,
उद्दिष्ट थे।
पथ त्याग के, सेवा के, निर्माण के,
पथ संघर्ष, संपूर्ण क्रांति के।
जग जिन्हें कहता विफलता
थीं शोध की वे मंजिलें।
मंजिलें वे अनगिनत हैं,
गंतव्य भी अति दूर है।
रुकना नहीं मुझको कहीं,
अवरुद्ध जितना मार्ग हो।
निज कामना कुछ है नहीं,
सब है समर्पित ईश को।
तो विफलता पर तुष्ट हूँ अपनी,
और यह विफल जीवन
शत-शत धन्य होगा;
यदि समानधर्मा प्रिय तरुणों का
कंटकाकीर्ण मार्ग,
कुछ सुगम बन जाए।

प्रसिद्ध पत्रकार अजित भट्टाचार्जी ने उनकी जीवनी में लिखा है कि नेहरू ने अपने अंतिम दिनों में लाल बहादुर शास्त्री के माध्यम से यह प्रस्ताव भिजवाया था, जिसे उन्होंने अस्वीकार कर दिया था।

आज जयप्रकाश नारायण की विरासत की याद जातिगत और आर्थिक विषमता की तनावपूर्ण खाई को कम करने के लिए तो जरूरी है ही, उससे भी ज्यादा जरूरी है लोकतंत्र पर बढ़ते खतरे को विफल करने के लिए। यह विरासत देश के लोकतंत्र की रक्षा हेतु विपक्षी एकता के लिए तो आवश्यक है ही, अन्याय

और झूठ के विरुद्ध युवाओं के अहिंसक प्रतिरोध के लिए भी जरूरी है।

जयप्रकाश नारायण पीयूसीएल जैसे मानवाधिकार संगठन के संस्थापक थे, वे नागा विद्रोहियों को मुख्यधारा में लाने के लिए प्रयत्नशील थे। वे कश्मीर समस्या के हल के लिए लगन से लगे थे। उनकी विरासत यह बताती है कि स्वतंत्रता, समता, बंधुत्व जैसे मानवीय मूल्यों के लिए कब और किससे लड़ना जरूरी है। इसीलिए उनके बारे में दिनकर ने कहा है कि 'अब जयप्रकाश है नाम, देश की आतुर हठी जवानी का।'

□

उन्नीस

स्वतंत्रता संग्राम में जयप्रकाश नारायण के योगदानों के बारे में जितना कहा जाए, वह कम है। वे विलक्षण प्रतिभा के धनी थे। भारत लौटने पर उन्होंने उस वक्त स्वतंत्रता संग्राम में कूदने का फैसला कर लिया, जब उन्होंने पटना में 'मौलाना अबुल कलाम आजाद' की यह लाइन सुनी, जिसमें उन्होंने कहा था, ''नौजवानो, अंग्रेजी शिक्षा का त्याग करो और मैदान में आकर ब्रिटिश हुकूमत की ढहती दीवारों को धराशायी करो और ऐसे हिंदुस्तान का निर्माण करो, जो सारे आलम में खुशबू पैदा करे।'' इस वाक्य को सुनकर जयप्रकाश नारायण के मन में हलचल मच गई और वे स्वतंत्रता आंदोलन में कूद पड़े।

'जुल्म के खिलाफ जब हर उपाय व्यर्थ सिद्ध हो जाएँ तो हथियार उठा

लेना जायज है।' यह बात हर युग एवं समय में सार्थक सिद्ध हुई है एवं जब भी इस रास्ते को अपनाया गया, एक परिवर्तन देखने को मिला। जयप्रकाश नारायण भी इस विचार के समर्थक थे।

सन् 1939 में, उन्होंने द्वितीय विश्वयुद्ध के दौरान, अंग्रेज सरकार के खिलाफ लोक आंदोलन का नेतृत्व किया। उन्होंने किराया और राजस्व रोकने के लिए सरकार के विरुद्ध अभियान चलाया। टाटा स्टील कंपनी में हड़ताल कराकर यह प्रयास किया कि अंग्रेजों तक इस्पात न पहुँचे। उन्हें गिरफ्तार कर लिया गया और 9 महीने की कैद की सजा सुनाई गई। जेल से छूटने के बाद उन्होंने गांधी और सुभाषचंद्र बोस के बीच सुलह का प्रयास किया।

स्वतंत्रता आंदोलन से लेकर स्वतंत्र भारत की राजनीति तक में लोकनायक जयप्रकाश ने महत्त्वपूर्ण भूमिकाएँ निभाईं। सविनय अवज्ञा आंदोलन के दौरान, वे ब्रिटिश शासकों की हिरासत में रहे, तो दशकों बाद आजाद हिंदुस्तान की सरकार ने उन्हें आपातकाल के दौरान गिरफ्तार किया। देश और देश की जनता के उत्थान के लिए समर्पित जयप्रकाश नारायण ने हमेशा लोकतांत्रिक मूल्यों को मान दिया। आजादी के बाद वे बड़े-बड़े पद हासिल कर सकते थे, पर उन्होंने गांधीवादी आदर्शों के अनुरूप जीना चुना। जब उन्हें लगा कि सत्ता निरंकुशता और भ्रष्टाचार से ग्रस्त हो रही है, तो वे फिर कूद पड़े संघर्ष के मैदान में। उनके आदर्शों को बार-बार याद करने और उन्हें मौजूदा वक्त में फिर से प्रतिष्ठित करने की बड़ी जरूरत है।

राष्ट्रपिता महात्मा गांधी के बाद अगर लोगों को उद्वेलित करने की क्षमता किसी में थी, तो वे लोकनायक जयप्रकाश नारायण ही थे। 1940 के बाद से जीवन के अंत तक अलग-अलग मौकों, आंदोलनों व मुहिम में जयप्रकाश नारायण केंद्रीय भूमिका में रहे। वे जिस काम में हाथ डालते थे, उसको पूरा करते थे। 8 अगस्त, 1942 को भारत छोड़ो आंदोलन शुरू हुआ, तो कांग्रेस के बड़े नेताओं की गिरफ्तारी होनी शुरू हो गई। उस समय देश में नेतृत्वहीनता की स्थिति बन गई थी। उसी माहौल में जयप्रकाश नारायण, योगेंद्र शुक्ल समेत अन्य नेता, जो हजारीबाग जेल में बंद थे, उन लोगों ने योजना बनाई और जेल से बाहर निकले। वहाँ से निकलने के बाद जयप्रकाश नारायण ने दो चिट्ठियाँ जारी कीं।

इनमें से एक थी, 'लेटर टू ऑल फाइटर्स ऑफ फ्रीडम', जिसमें उन्होंने एक मार्गदर्शन देने की कोशिश की थी।

अंग्रेजी हुकूमत के खिलाफ उन्होंने भूमिगत आंदोलन को संगठित करने की कोशिश की। स्कूलों और कॉलेजों में गुप्त रूप से संगठन बनाने का काम शुरू हुआ। परचे छपते थे और स्कूलों में बाँटे जाते थे। इसी के बाद जयप्रकाश नारायण को अगस्त क्रांति के अग्रदूत के रूप में माना जाने लगा। महात्मा गांधी तो उस आंदोलन के नेता थे ही, लेकिन जब सबकुछ शांत सा लगता था, उस समय जयप्रकाश नारायण ने एक चिनगारी जलाई थी और देश में नया माहौल बनाया था। जयप्रकाश नारायण ने यह कोशिश की थी कि आंदोलन सशक्त रूप धारण करे।

सोशलिस्ट पार्टी में बाद में लोग आए; पहले जो लोग थे, वे अगस्त क्रांति से ही निकलकर आए थे। उस समय पार्टी का बहुत विस्तार हुआ था। शुरू में कांग्रेस सोशलिस्ट पार्टी थी, जो कांग्रेस के भीतर थी, लेकिन, 1947 में कांग्रेस ने तय कर लिया कि उसके भीतर कोई समूह नहीं रह सकता है। इसके बाद पहली बार कांग्रेस के बाहर आकर सोशलिस्ट पार्टी बनी, जिसका अलग से संविधान

बना। इसमें जयप्रकाश नारायण की भूमिका महत्त्वपूर्ण थी। पुरानी सोशलिस्ट पार्टी में जो लोग थे, उनमें मुख्य रूप से मार्क्सिस्ट और लेनिनिस्ट थे, कुछ और लोग भी थे। उस समय लोकतंत्र के बारे में बहुत स्पष्टता नहीं थी। सोशलिस्ट पार्टी बनी, तो सब चीजें स्पष्ट करनी थीं।

इसके बीच में रूस में जो हुआ, वहाँ स्तालिन की तानाशाही व्यवस्था पैदा हुई, तो बड़े नेताओं की हत्या कर दी गई। कुछ को देश से निकाल दिया गया, तो इससे एक संशय पैदा हुआ। जिस समाजवाद की बात हम लोग करते हैं, जो मूलत: मार्क्सवादी विचार था, उससे क्या समतामूलक समाज की स्थापना होगी? लेकिन जयप्रकाश नारायण ने उसे काफी स्पष्टता प्रदान की। तय किया गया कि हम लोग रूस की व्यवस्था से अलग जाकर लोकतांत्रिक समाजवाद के रास्ते पर जाएँगे। यह पहली बार था कि लोकतांत्रिक समाजवाद की बात हुई। इसमें जयप्रकाश नारायण की बहुत महत्त्वपूर्ण भूमिक। थी।

नई सोशलिस्ट पार्टी बनी तो, यह भी सवाल उठा कि सोवियत यूनियन की तानाशाही में विकृति आई है। उसके पीछे क्या कारक थे? इसमें यह बात सामने आई कि वहाँ पर जो कम्युनिस्ट पार्टी बनी थी, वह बहुत केंद्रीकृत थी। थोड़े लोगों के हाथ में पूरा संगठन था। उस समय जो सोशलिस्ट पार्टी थी, वह कैडर-आधारित पार्टी थी। पार्टी में शामिल होने के लिए लंबी प्रक्रिया से गुजरना पड़ता था। सदस्यता सीमित थी, तब पार्टी के ढाँचे में परिवर्तन की बात चली, ताकि सोवियत यूनियन जैसी तानाशाही पार्टी में नहीं आए। इसी बीच युद्ध खत्म होने के

बाद इंग्लैंड में लेबर पार्टी की सरकार बन गई थी। वहाँ काफी बड़े प्रयोग हुए, जैसे हेल्थ सर्विस में, जिसे आज भी दुनिया में सर्वश्रेष्ठ माना जाता है।

लेबर पार्टी की तर्ज पर सोशलिस्ट पार्टी का भी संविधान बनाने का फैसला लिया गया, जिसमें दो तरह की सदस्यता का प्रस्ताव रखा गया। एक साधारण सदस्य और दूसरे संबद्ध सदस्य, जो किसान सभा से जुड़े थे। इसमें जयप्रकाश नारायण का बड़ा हाथ था। इसका काफी लोगों ने विरोध भी किया था। उनका कहना था कि इससे पार्टी की क्रांतिकारिता खत्म हो जाएगी। विरोध के बाद भी नए संविधान को मान्यता मिल गई। इस तरह से कांग्रेस के समय शुरुआत से और फिर बाद में नए ढंग से सोशलिस्ट पार्टी को बनाने में जयप्रकाश नारायण की महत्त्वपूर्ण भूमिका हुई।

□

बीस

जयप्रकाश विचार के पक्के, बुद्धि के सुलझे और देश के सच्चे सपूत थे। उन्होंने देश को अंधकार से प्रकाश की ओर लाने का सच्चा प्रयास किया, जिसमें वे पूरी तरह से सफल रहे। लोकनायक जयप्रकाश नारायण ने भारतीय जनमानस पर अपनी अमिट छाप छोड़ी। जयप्रकाश का समाजवाद का नारा आज भी गूँज रहा है। समाजवाद का संबंध न केवल उनके राजनीतिक जीवन से था, अपितु यह उनके संपूर्ण जीवन में समाया हुआ था। समाजवाद के बारे में वे कहते हैं—

"सोवियत अनुभव ने मेरे लिए यह बात और भी स्पष्ट कर दी कि

समाजवाद पूँजीवाद का अभाव मात्र नहीं है। यह संभव है कि पूँजीवाद नष्ट हो जाए; उद्योग, वाणिज्य, बैंक-व्यवस्था, कृषि आदि का राष्ट्रीयकरण तथा सामूहीकरण हो जाए और फिर भी समाजवाद दूर ही रह जाए। समाजवाद दूर रह जाए, इतना ही नहीं; बल्कि यह भी संभव है कि बिल्कुल अपने ध्येय के विरुद्ध चला जाए। सोवियत रूस में हमने न केवल 'औपचारिक' स्वतंत्रता का निषेध ही देखा, बल्कि सामाजिक न्याय और समता का भी निषेध देखा। अफसरशाही शासकों के एक नए वर्ग की वृद्धि तथा शोषण के नए-नए रूप भी हमने देखे। यह सब समाजवाद का अभाव मात्र नहीं, बल्कि उसका निषेध भी है।

"मैं जिस बात पर जोर देना चाहता हूँ, वह यह कि चलते-फिरते जिस समाजवाद का नाम लेना अपने देश में एक फैशन बन गया है, उस समाजवाद से गांधीजी का समाजवाद भिन्न है। उसे वे सर्वोदय कहते थे। उनका समाजवाद नीचे की बुनियाद से शुरू होता था।

"कल्याणकारी राज्य का सिद्धांत समाजवाद का एक बहुत ही कमजोर रूप सिद्ध हुआ है। सबके सामूहिक पुरुषार्थ से जो अच्छी चीजें उपलब्ध हों, उन्हें सबके साथ बाँटकर खाने का तरीका ही समाजवादी जीवनमार्ग है। जिस अनुपात में स्वेच्छा और सहमति से बाँट लेने की यह प्रक्रिया बढ़ेगी, समाज में उतना ही तनाव और दबाव बढ़ेगा तथा उतना ही अधिक समाजवाद सधेगा, अन्यथा अनुशासन करनेवालों पर अनुशासन कौन रखेगा, राज्य करनेवालों पर राज्य कौन करेगा, उन पर कौन नियंत्रण रखेगा? साम्यवादी देशों के उदाहरण और समाजवादी सरकारों के अनुभव से यह स्पष्ट हो चुका है कि यक्ष-प्रश्न का उत्तर देना बहुत ही कठिन है। इसका एक ही हल मालूम होता है और वह यह कि ऊपर से अनुशासन करने की आवश्यकता तथा उस क्षेत्र को कम-से-कम और मर्यादित होते जाना चाहिए, पर समाजवादी लोगों ने आज तक इस ओर बहुत ही कम ध्यान दिया है। उनका एकमात्र ध्येय सत्ता प्राप्त करना रहा है।"

जयप्रकाश नारायण एक निष्ठावान राष्ट्रवादी थे और सिर्फ खादी पहनते थे। सत्य, निष्ठा और ईमानदारी उनके जीवन के आदर्श थे। वे एक परिश्रमी

व्यक्ति थे। उनकी विलक्षणता की तारीफ स्वयं गांधी और नेहरू जैसे लोग किया करते थे। भारत माता को आजाद कराने हेतु उन्होंने तरह-तरह की परेशानियों को झेला, किंतु अंग्रेजों के सामने घुटने नहीं टेके, क्योंकि वे एक दृढनिश्चयी व्यक्ति थे। संघर्ष के इसी दौर में उनकी पत्नी भी गिरफ्तार कर ली गईं और उन्हें दो वर्ष की सजा हुई, क्योंकि वे भी स्वतंत्रता आंदोलन में कूदी थीं और जनप्रिय नेता बन चुकी थीं।

जयप्रकाश अपनी निष्ठा और चतुराई के लिए प्रसिद्ध थे। वे सच्चे देशभक्त एवं ईमानदार नेता थे। वे ब्रिटिश प्रशासन को समूल नष्ट करने पर तुले हुए थे। उन्होंने विश्व स्तर पर अपनी आवाज बुलंद करते हुए कहा कि विश्व के संकट को मद्‌देनजर रखते हुए भारत को आजादी प्राप्त करना अति आवश्यक है। जब तक हम आजाद न होंगे, हमारा स्वतंत्र अस्तित्व कायम न होगा और हम विकास के पथ पर अग्रसर न हो सकेंगे।

महात्मा गांधी ने अपने एक भाषण में कहा था, 'करो या मरो।' यह वाक्यांश जयप्रकाश बाबू के मन में सदैव गूँजता रहता था। फलत: उन्होंने देश को आजाद

कराने हेतु 'करो या मरो' का निर्णय लिया। गांधीजी के इस महामंत्र का उन्होंने जमकर प्रचार-प्रसार भी किया। गांधीजी से प्रेरणा लेकर जयप्रकाश आगे बढ़ते गए और स्वतंत्रता का बिगुल बज उठा। जब जयप्रकाश की गिरफ्तारी हुई तो ठीक दूसरे दिन महात्मा गांधी की भी गिरफ्तारी हुई। सैकड़ों-हजारों की संख्या में लोग अपने नेताओं की रिहाई की माँग करने लगे। अंग्रेज स्तब्ध रह गए। देश के कोने-कोने के कार्यकर्ता बंदी बनाए गए। क्रांति की स्थिति संपूर्ण देश के सम्मुख आई, हजारों की संख्या में लोगों ने गिरफ्तारियाँ दीं।

जयप्रकाश नारायण ने स्वार्थलोलुपता में कोई कार्य नहीं किया। वे देश के सच्चे सपूत थे और उन्होंने निष्ठा की भावना से देश की सेवा की। वे कर्मयोगी थे। वे अंत:प्रेरणा के पुरुष थे। उन्होंने अनेक यूरोपीय यात्राएँ करके सर्वोदय के सिद्धांत को संपूर्ण विश्व में प्रसारित किया। उन्होंने संस्कृत के निम्न श्लोक से संपूर्ण विश्व को प्रेरणा लेने को कहा—

सर्वे भवन्तु सुखिनः।
सर्वे सन्तु निरामयाः।
सर्वे भद्राणि पश्यन्तु।
मा कश्चित् दुःख भाग्भवेत्।।

वे सच्चे अर्थों में आदर्श पुरुष थे। उनके व्यक्तित्व में अदभुत ओज और तेज था। जयप्रकाश, गाँव-शहर, सभी से उन्नति की बात करते थे। वे ऊँच-नीच की भेद-भावना से परे थे। उनका विचार अच्छी बातों से युक्त था—

'मैं इस बात पर बल देना चाहता हूँ कि गाँव और उसकी राजनीतिक एवं आर्थिक संस्थाओं को प्रभावी तथा समन्वित संगठन का रूप देने के लिए सबसे आवश्यक आर्थिक सुधार मेरी दृष्टि में यह होगा कि गाँव की संपूर्ण भूमि का स्वामित्व एवं प्रबंध ग्रामसभा में निहित कर दिया जाए, जिससे गाँव का प्रत्येक व्यक्ति गाँव की भूमि संपत्ति का समान रूप से अधिकारी बन जाए और ग्रामीण समुदाय के प्रत्येक सदस्य के और साथ में संपूर्ण समुदाय के लाभ के लिए उस संपत्ति का समान रूप से उपयोग हो सके।'

दिनकर ने लोकनायक के विषय में लिखा है—

'है जयप्रकाश वह नाम,
जिसे इतिहास आदर देता है।
बढ़कर जिसके पद चिह्नों को,
उन पर अंकित कर देता है।
कहते हैं, जो यह प्रकाश को,
नहीं मरण से जो डरता है।
ज्वाला को बुझते देख,
कुंड में कूद स्वयं जो पड़ता है॥'

संपूर्ण क्रांति आंदोलन के दौर में भारतीय जनसंघ और अखिल भारतीय विद्यार्थी परिषद् के नेताओं-कार्यकर्ताओं के समर्पण, ईमानदारी और निष्ठा को जयप्रकाश नारायण ने करीब से देखा, परिणामत: अनेक कार्यकर्ताओं को उन्होंने महत्त्वपूर्ण दायित्व भी सौंपे। संघ-परिवार से जुड़े ये कार्यकर्ता जयप्रकाश नारायण की अपेक्षाओं पर सदैव खरे उतरे। जयप्रकाश नारायण के नेतृत्व में चल रहे छात्र एवं युवा संघर्ष वाहिनी के राष्ट्रीय संयोजक एबीवीपी के नेता और दिल्ली विश्वविद्यालय छात्र संघ के तत्कालीन अध्यक्ष अरुण जेटली बनाए गए।

उसी आंदोलन के बाद जनसंघ और राष्ट्रीय स्वयंसेवक संघ का देशव्यापी आधार बना। जयप्रकाश नारायण पर यही आरोप भी है कि उन्होंने 1974 के आंदोलन से माध्यम से आर.एस.एस. और जनसंघ को मुख्यधारा की राजनीति में वैधता दिलवाई।

□

इक्कीस

जयप्रकाश नारायण के जीवन का अंतिम हिस्सा जनसंघ के करीब दिखाई पड़ता है। निश्चित तौर पर उस हिस्से में जयप्रकाश नारायण और जनसंघ के बीच का एंक वैचारिक साम्य नजर आएगा। इसका वर्णन किए बिना जयप्रकाश नारायण का व्यक्तित्व मुकम्मल नहीं होता। नजीर वहीं से देना सबसे मुनासिब होगा, जिसमें इंदिरा गांधी के यह कहने पर कि जयप्रकाश नारायण का यह पूरा आंदोलन संघ चला रहा है, अतः यह एक फासिस्ट आंदोलन है, जयप्रकाश नारायण ने साफ तौर पर कहा था, "अगर आर.एस.एस. फासीवादी संगठन है तो जयप्रकाश नारायण भी फासीवादी हैं।"

जिस संघ को कांग्रेस ने अपने खिलाफ उठे जनाक्रोश को भटकाने के लिए फासीवादी कहा था, उसी संघ के एक शिविर में जयप्रकाश नारायण 1959 में जा चुके थे। जयप्रकाश नारायण परंपरागत संघ स्वयंसेवक नहीं थे,

मगर उन्होंने संघ को कभी अछूत भी नहीं माना।

कांग्रेस के भ्रष्टाचार और तानाशाही हुकूमतवाले रवैये के खिलाफ उठे जनाक्रोश के बाद लगाए गए आपातकाल के बाद जब जयप्रकाश नारायण जेल से छूटे तो उन्होंने मुंबई में एक सभा को संबोधित करते हुए कहा था, ''मैं आत्मसाक्ष्य के साथ कह सकता हूँ कि संघ और जनसंघवालों के बारे में यह कहना कि वे फासिस्ट लोग हैं, सांप्रदायिक है; ऐसे सारे आरोप बेबुनियाद हैं। देश के हित में ली जानेवाली किसी भी कार्ययोजना में वे लोग किसी से पीछे नहीं हैं। उन लोगों पर ऐसे आरोप लगाना उन पर कीचड़ फेंकने के नीच प्रयास मात्र हैं।''

जयप्रकाश नारायण के आंदोलन में संघ की भूमिका का जिक्र करते हुए समाचार-पत्र 'दि इकोनोमिस्ट' लंदन, दिनांक 4 दिसंबर, 1976 के अंक में लिखता है, 'आर.एस.एस. विश्व का अकेला गैर-वामपंथी क्रांतिकारी संगठन है।'

अपनी ही बात को दोहराते हुए 3 नवंबर, 1977 को पटना में संघ के लिए जयप्रकाश नारायण ने कहा था कि 'नए भारत के निर्माण की चुनौती को स्वीकार

किए हुए, इस क्रांतिकारी संगठन से मुझे बहुत आशा है। आप में ऊर्जा है, निष्ठा है और आप राष्ट्र के प्रति समर्पित हैं।'

हालाँकि आरंभ में जयप्रकाश नारायण रूसी मार्क्सवादी क्रांति से प्रभावित रहे और फिर उन्हें सत्य-अहिंसा के गांधी दर्शन का सान्निध्य मिला। समाजवाद ने जयप्रकाश नारायण को आजाद भारत की जनता से जोड़ा, लेकिन इस सच को कतई खारिज नहीं किया जा सकता कि अपने अंतिम समय में जयप्रकाश नारायण राष्ट्रवादी हो चले थे और राष्ट्रवाद के मूल्यों पर ही जयप्रकाश नारायण ने इंदिरा गांधी गद्दी छोड़ो की बुनियाद पर 'सिंहासन खाली करो कि जनता आती है' का नारा दिया!

इसी क्रम में आपातकाल में सरकारी आतंक के खिलाफ जनजागरण हेतु बनी 'लोक संघर्ष समिति' का महामंत्री जयप्रकाश नारायण ने संघ के प्रचारक और प्रसिद्ध जनसंघ नेता नानाजी देशमुख को बनाया था। जयप्रकाश नारायण सांप्रदायिकता के सदा खिलाफ रहे और उनको यह मानने में कभी गुरेज नहीं हुआ कि संघ अथवा जनसंघ एक राष्ट्रवादी संगठन है, न कि सांप्रदायिक संगठन। अतः जयप्रकाश नारायण का जीवन बिना उनके जनसंघ के संबंधों के बारे में जाने, कभी पूरा नहीं हो सकता।

□

बाईस

महात्मा गांधी के आदर्शों से प्रेरित जयप्रकाश नारायण एक ऐसे स्वतंत्रता संग्राम सेनानी थे, जो पराधीन भारत में बर्फ की सिल्लियों पर लेटे तो आजाद भारत में भी उन्हें जेल की हवा खानी पड़ी। कभी अंग्रेजों से देश को आजाद कराने के मंसूबे से उन्होंने जेल यात्रा की थी, तो आजादी के बाद व्यवस्था परिवर्तन के लिए लाठियाँ खाईं।

जयप्रकाश नारायण सरकार, मंत्रिमंडल तथा संसद् का हिस्सा नहीं रहे, लेकिन उन्होंने ट्रेड यूनियन के अधिकारों के लिए संघर्ष किया तथा कामगारों के लिए न्यूनतम वेतन, पेंशन, चिकित्सा-सुविधा तथा घर बनाने के लिए सहायता जैसे जरूरी मुद्दे लागू कराने में सफल हुए।

जनक्रांति झुग्गियों से न हो जब तलक शुरू,
इस मुल्क पर उधार है इक बूढ़ा आदमी।

लोकनायक जयप्रकाश नारायण के क्रांतिकारी व्यक्तित्व की झलक देतीं, सूर्यभानु गुप्त की उपर्युक्त पंक्तियाँ बताती हैं कि आम जन में परिवर्तन के सपने को जयप्रकाश नारायण ने कैसे रूपाकार दिया था। कवियों ने भगीरथ, दधीचि, भीष्म, सुकरात, चंद्रगुप्त, गांधी, लेनिन और न जाने कैसे-कैसे संबोधन जयप्रकाश नारायण को दिए। उन्हें याद करते हुए आचार्य हजारीप्रसाद द्विवेदी ने सही कहा था कि 'इस देश की संस्कृति का जो कुछ भी उत्तम और वरेण्य है, वह उनके व्यक्तित्व में प्रतिफलित हुआ है।'

आजादी के बाद के दौर में जयप्रकाश नारायण की नजर रूस की ओर थी और उन्हें समझ में आ गया था कि कम्युनिज्म भारत के लिए सही राह नहीं है।

जयप्रकाशजी के लिए यह दुर्भाग्य की बात थी कि उनके अनुयायी होने का तो सभी दावा करते थे, लेकिन उनके सपनों को निष्ठा के साथ अपने आचरण में अधिकांश लोगों ने नहीं अपनाया। इसीलिए, 1977 में जनता क्रांति के बाद भी जब बुनियादी राजनीतिक सुधार नहीं हुए और शिक्षा और रोजगार की उपेक्षा की गई, तो जयप्रकाश ने असंतोष को लिखित रूप में तब के प्रधानमंत्री मोरारजी देसाई को भेजने में संकोच नहीं किया।

जयप्रकाश की सबसे बड़ी विरासत राजनीति में लोकनीति को प्राथमिकता देना और राजसत्ता से लोकशक्ति को महत्त्वपूर्ण मानना रहा है। जयप्रकाश शायद दलविहीन लोकतंत्र के सपने के साथ जोड़कर याद किए जाते हैं, लेकिन हम यह भूल जाते हैं कि भारत की तीन शानदार राजनीतिक पार्टियों के निर्माण में जयप्रकाशजी ने बुनियादी योगदान किया था। 1948 की कांग्रेस पार्टी, समाजवादी पार्टी और 1977-78 में जनता पार्टी। इस प्रसंग को रेखांकित करने का यह अभिप्राय है कि जयप्रकाशजी लकीर के फकीर नहीं थे, वे मूलत: एक समाज वैज्ञानिक थे, जिसने परिस्थिति के अनुकूल या प्रतिकूल होने पर दिशा में सुधार करने में कभी कोई संकोच नहीं किया। वे किसी राजनीतिक वाद के समर्थक नहीं थे। अपनी छवि के प्रति तो उन्हें कोई चिंता ही नहीं थी। इसीलिए अपने समय के तमाम अलोकप्रिय प्रश्नों पर खुलकर साहस के साथ मानवीयता की राह पकड़ी और तिब्बत से लेकर हंगरी तक उनके दिखाए रास्ते पर लोगों ने जाने का निर्णय किया।

त्याग-तपस्या के प्रतीक और जनहित के लिए सर्वस्व न्योछावर करनेवाले महान् योद्धा जयप्रकाश नारायण को कभी कोई मोह बाँध न सका, पद-लिप्सा उन्हें स्पर्श भी न कर सकी। वे तो बस, लोकसेवा का सूत्र थामे जीवन भर चलते रहे-चलते रहे। उनका संपूर्ण जीवन, जैसे पुरातन शास्त्रों की पवित्रता की सर्वाधिक सटीक और सामयिक व्याख्या था।

वे भारतमाता के उन वीर सपूतों में से एक थे, जिन्होंने मानवीय मूल्यों और मानवता के प्रति निरंतर संघर्ष किया। समाजवादी लोककल्याणकारी राज्य एवं समाज की कल्पना को साकार करने में उन्होंने अपना संपूर्ण जीवन समर्पित कर दिया।

जे.पी. समाजवाद के समर्थक थे। उनके अनुसार, समाजवाद एक जीवन पद्धति है, जो मानव की स्वतंत्रता, समानता, बंधुत्व तथा सर्वोदय की समर्थक है। समाजवाद आर्थिक तथा सामाजिक पुनर्निर्माण की पूर्ण विचारधारा है, जिसके सुनियोजित सिद्धांत के तहत संपूर्ण समाज का संतुलित विकास होना

चाहिए। विभिन्न गुणों से संपन्न मनुष्य को इसमें शोषण, भुखमरी तथा दरिद्रता से मुक्ति दिलाना है। समाजवाद के पथ में किसी तानाशाह की भूमिका उन्हें स्वीकार नहीं है। समाजवाद में भूमि कर की समाप्ति, गाँवों का विकास, राष्ट्रीयकरण, भूदान, संपत्ति दान, ग्राम दान, आर्थिक, सांस्कृतिक मूल्यों की रक्षा तथा सर्वोदय शामिल हैं।

जे.पी. ने सामाजिक परिवर्तन पर शोध-प्रबंध भी लिखा और कम्युनिस्टों की लेबर यूनियनों में भी वे भाग लेते रहे। दिसंबर 1960 में, बेरुत के अंतरराष्ट्रीय सम्मेलन में भाग लेते हुए उन्होंने शांति सेना बनाने का सुझाव दिया तथा वर्ल्ड पीस ब्रिगेड की घोषणा की। उत्तर रोडिशिया की स्वतंत्रता के लिए वे पूर्वी अफ्रीका में एक मास तक प्रवास में रहे। भारत-पाक संबंधों में मैत्री की संभावना को लेकर वे पाकिस्तान भी गए। वहाँ पाकिस्तान मैत्री संघ की स्थापना की। 1968 तथा 69 में रूस, अफगानिस्तान तथा अफ्रीका भी गए। 26 जून, 1971 को बँगलादेश बनाने के पक्ष में वातावरण तैयार कर दिल्ली लौटे।

उनका कहना था कि लोकतंत्र सत्यप्रियता, कर्तव्यपरायणता, स्वतंत्रता, समानता, उत्तरदायित्व, अहिंसापूर्ण जीवनयापन करने में है। लोकतंत्र की सफलता के लिए सत्ता का विकेंद्रीकरण करना होगा तथा व्यक्तिगत हितों का त्याग कर सार्वजनिक हितों को महत्त्व देना होगा। वे संसदीय व्यवस्था को उत्तम नहीं मानते थे। राजनीतिक दलों की खलबली, दूषित चुनाव प्रणाली को ब्रिटिश शासन प्रणाली की तरह ही मानते थे। जहाँ स्थानीय मामलों में भी जनता से दूरी बनाई रखी जाती है। वे लोकतंत्र को दलतंत्र मानने के खिलाफ थे। योग्य व्यक्ति ही संसद् तक पहुँचे, यही उनका विचार था। इस तरह, उन्होंने वैचारिक क्रांति का आह्वान किया।

लोकनायक जयप्रकाश की समस्त जीवन यात्रा संघर्ष तथा साधना से भरपूर रही। उसमें अनेक पड़ाव आए। उन्होंने भारतीय राजनीति को ही नहीं, बल्कि आम जनजीवन को एक नई दिशा दी, नए मानक गढ़े, जैसे भौतिकवाद से अध्यात्म, राजनीति से सामाजिक कार्य तथा जबरन सामाजिक सुधार से व्यक्तिगत दिमागों में परिवर्तन। वे विदेशी सत्ता से देशी सत्ता, देशी सत्ता से व्यवस्था, व्यवस्था से व्यक्ति में परिवर्तन और व्यक्ति में परिवर्तन से नैतिकता

के पक्षधर थे। वे समूचे भारत में ग्राम स्वराज्य का सपना देखते थे और उसे आकार देने के लिए अथक प्रयत्न भी किए। उनका संपूर्ण जीवन भारतीय समाज की समस्याओं के समाधानों के लिए प्रकट हुआ, एक अवतार की तरह, एक मसीहा की तरह। वे भारतीय राजनीति में, सत्ता के कीचड़ में केवल सेवा के कमल कहलाने में विश्वास रखते थे। उन्होंने भारतीय समाज के लिए बहुत कुछ किया, लेकिन सार्वजनिक जीवन में जिन मूल्यों की स्थापना वे करना चाहते थे, वे मूल्य बहुत हद तक देश की राजनीतिक पार्टियों को स्वीकार्य नहीं थे, क्योंकि ये मूल्य राजनीति के तत्कालीन ढाँचे को चुनौती देने के साथ-साथ स्वार्थ एवं पदलोलुपता की स्थितियों को समाप्त करने के पक्षधर थे, राष्ट्रीयता की भावना एवं नैतिकता की स्थापना उनका लक्ष्य था, राजनीति को वे सेवा का माध्यम बनाना चाहते थे।

□

तेईस

लोकनायक जयप्रकाश की जीवन की विशेषताएँ और उनके व्यक्तित्व के आदर्श कुछ विलक्षण और अद्‍भुत हैं, जिनके कारण वे भारतीय राजनीति के नायकों में अलग स्थान रखते हैं। वे कुशल राजनीतिज्ञ भले ही न हों, किंतु राजनीति की उन्नत दिशाओं के पक्षधर थे, प्रेरणास्रोत थे। वे देश की राजनीति की भावी दिशाओं को बड़ी गहराई से महसूस करते थे। यही कारण है कि वे राजनीति में शुचिता एवं पवित्रता की निरंतर वकालत करते रहे।

उनको समर्पित करते हुए राष्ट्रकवि दिनकर ने कहा—

'वह देखो दलित देश का त्राता है।
वह देखो सपनों का दृष्टा,
जयप्रकाश भारत का भाग्य विधाता है।
कहते हैं, जो यह प्रकाश को,
नहीं मरण से जो डरता है।
ज्वाला को बुझते देख,
कूद कुंड में स्वयं जो पड़ता है।'

महात्मा गांधी जयप्रकाश के साहस और देशभक्ति के प्रशंसक थे। वे अत्यंत भावुक थे, लेकिन महान् क्रांतिकारी भी थे। वे संयम, अनुशासन और मर्यादा के पक्षधर थे, इसलिए कभी भी मर्यादा की सीमा का उल्लंघन नहीं किया। विषम परिस्थितियों में भी उन्होंने अपना अध्ययन नहीं छोड़ा और आर्थिक तंगी ने भी उनका मनोबल नहीं तोड़ा। यह उनके किसी भी कार्य की प्रतिबद्धता को ही निरूपित करता है, उनके दृढ विश्वास को परिलक्षित करता है।

मोरारजी देसाई के नेतृत्व में जब जनता पार्टी की सरकार बनी, यदि जयप्रकाशजी चाहते, तो वे राष्ट्रपति बन सकते थे; पर उन्होंने कोई पद नहीं लिया। जयप्रकाशजी की इच्छा देश में व्यापक परिवर्तन करने की थी। सन् 1947 में, देश की आजादी के बाद उन्हें सरकार में सम्मिलित होने के लिए आमंत्रित किया गया। उन्हें गृह राज्यमंत्री बनाए जाने का प्रस्ताव था, परंतु उन्होंने स्पष्ट रूप से इनकार कर दिया।

जयप्रकाश नारायण और आपातकाल का जिक्र उस दौर के नारों, स्लोगन और कविताओं के बिना पूरा नहीं हो सकता है। आइए, याद करते हैं उस दौर के कुछ नारों को, जो समय के साथ किंवदंती बन गए। आपातकाल की शुरुआत में जयप्रकाश नारायण ने नारा दिया था—

संपूर्ण क्रांति अब नारा है,
भावी इतिहास तुम्हारा है।

रामधारी सिंह दिनकर की कविता भी खूब चर्चित हुई—

ये नखत अमा के बुझते हैं,
सारा आकाश तुम्हारा है।
दो राह, समय के रथ का घर्घर नाद सुनो,
सिंहासन खाली करो कि जनता आती है।

हालाँकि दिनकर ने 1942 में भारत छोड़ो आंदोलन के दौरान जयप्रकाश नारायण पर कविता भी लिखी थी—

है जयप्रकाश वह नाम जिसे
इतिहास समादर देता है,
बढ़कर जिसके पदचिह्नों को
उर पर अंकित कर लेता है।

संजय गांधी के 5 सूत्रीय कार्यक्रम का एक बड़ा चर्चित पहलू नसबंदी भी था। उस पर भी कई नारे लगे—

जमीन गई चकबंदी में,
मकान गया हदबंदी में,

द्वार खड़ी औरत चिल्लाए,
मेरा मर्द गया नसबंदी में,

इसके अलावा भी नारा लगा—

इंदिरा हटाओ, बचाओ

इंदिरा गांधी और संजय गांधी को लेकर भी कई नारे बने—

संजय की मम्मी बड़ी निकम्मी,
बेटा कार बनाता है, माँ बेकार बनाती है।

आपातकाल के बाद में, जब दोनों हार गए तो फिर एक नारा लोकप्रिय हुआ। उस दौर में कांग्रेस का चुनाव चिह्न 'गाय और बछड़ा' था। नारा गूँजा—

एक बात सुनी है, हाँ भैया!
गैया भी हारी, हाँ भैया!
बछड़ा भी हारा, हाँ भैया!

इस दौर में बाबा नागार्जुन ने भी इंदिरा और संजय गांधी पर तंज करते हुए नारा दिया कि—

इंदूजी, इंदूजी क्या कहें आपको,
बेटे को याद रखा, भूल गईं बाप को।

हालाँकि इससे पहले बाबा इंदूजी के पिता, जवाहरलाल नेहरू को भी निशाने पर ले चुके थे।

आओ रानी हम ढोएँगे पालकी,
रफू करेंगे फटे पुराने जाल की,
यही बनी है राय जवाहरलाल की।

इंदिरा गांधी की तरफ से भी नारे लग रहे थे। सूर्यकांत बरुआ ने कहा कि—

'इंदिरा इज इंडिया, इंडिया इज इंदिरा'

तो विरोधी लोग भी जवाबी नारा लगा रहे थे—

'स्वर्ग से नेहरू करे पुकार,
अबकी बिटिया जइयो हार।'

आपातकाल के रोष में जनता पार्टी की सरकार बन तो गई थी, मगर कुछ

समय में ही जनता उससे त्रस्त हो गई। 'इंदिरा हटाओ, देश बचाओ' की जगह अब से नारे लगने लगे, 'इंदिरा लाओ देश बचाओ।' 1980 के उपचुनाव में इंदिरा गांधी चिकमंगलूर से चुनाव जीत गईं। इस बार फिर नारा लगा—

'एक शेरनी सौ लंगूर,
चिकमंगलूर, चिकमंगलूर।'

□

चौबीस

जयप्रकाश नारायण जब एक अंग्रेजी स्कूल में पढ़ते थे, तब पूर्व परिचित अध्यापक पिटमोर, जिन्होंने उन्हें पढ़ाया था, इस स्कूल के हेडमास्टर बनकर आए। पूर्व से ही वे जयप्रकाश की पढ़ाई और योग्यता के कारण उनको अच्छा विद्यार्थी मानते थे, क्योंकि उन्होंने पढ़ाई के साथ-साथ चरित्र गठन की ओर भी ध्यान दिया था। वे बहुत भले और अच्छे अध्यापक थे। विद्यार्थियों के प्रति बड़ा प्रेम रखते थे। फिर भी अनुशासन में कड़े होने में विश्वास रखते थे। पिटमोर का अपना विचार था कि विद्यार्थी को अपनी पढ़ाई के अलावा दूसरी किसी बात में दिलचस्पी नहीं रखनी चाहिए।

उन दिनों देश में राष्ट्रीय-भावना की हवा फैल रही थी। विद्यार्थियों पर इसका प्रभाव पड़े, यह असंभव नहीं था। एक बार लोकमान्य तिलक पटना से गुजर रहे थे। जयप्रकाश और उनके कुछ साथी स्कूल से भागकर उन्हें देखने स्टेशन पहुँचे थे। पिटमोर को इस बात का पता लगा। उस समय तो पिटमोर साहब इस बात को पी गए। बाद में, एक त्योहार के दिन ही स्कूल में परीक्षा रखी गई। जयप्रकाश और उनके पाँच मित्र श्रेष्ठ विद्यार्थी माने जाते थे। उन छह ने मिलकर उस परीक्षा का बहिष्कार किया। दूसरे दिन पिटमोर साहब ने इन सबको बुलाया। प्रेमपूर्वक बातें कीं, लेकिन बाद में कहा कि आप लोगों ने अनुशासन भंग किया है, इसलिए आप लोगों को सजा तो दी ही जानी चाहिए और जयप्रकाश नारायण एवं उनके साथियों ने हँसते-हँसते बेंतों की सजा भुगती। मन में थोड़ी भी कटुता न रखते हुए, इस घटना को याद करके बाद में एक बार जयप्रकाश ने कहा था, ''हमें बेंत से पिटना पड़ा, मन पर इसकी बड़ी ग्लानि

बनी रही, क्योंकि बहुत अच्छे विद्यार्थी होने के नाते पिटमोरजी के मन में हमारे लिए बड़ा सम्मान था। शायद हमारी राष्ट्रीय-भावना के प्रति भी उनके मन में आदर था, लेकिन कर्तव्यपालन की दृष्टि से विवश होकर उन्हें हमें सजा देनी पड़ी थी।''

देश में असहयोग आंदोलन के लिए कॉलेज के कई छात्रों ने अपनी पढ़ाई और वकीलों ने वकालत छोड़ दी थी। जयप्रकाशजी ने भी कॉलेज छोड़ दिया और स्वतंत्रता आंदोलन में शामिल होकर खादी के कपड़े पहनने लगे। उस समय उन्होंने तय कर लिया था कि वे गुलामों की शिक्षा कभी स्वीकार नहीं करेंगे। वे एक ऐसी मिट्टी के बने थे कि जो तय कर लेते, उसे पूरा ही करते थे। इसी कारण, अंग्रेज सरकार द्वारा संचालित या उसकी सहायता से चलनेवाली शिक्षण संस्थाओं में उन्होंने पढ़ना पसंद ही नहीं किया, यहाँ तक कि काशी हिंदू विश्वविद्यालय में भी उन्होंने पढ़ना स्वीकार नहीं किया, क्योंकि अंग्रेज सरकार उसको अनुदान देती थी। गुजरात की तरह बिहार में भी राष्ट्रीय विद्यालय और विद्यापीठ की स्थापना हुई और फिर उसमें वे कुछ समय के लिए रहे और पढ़े।

उसी समय पटना में स्वामी सत्यदेव परिव्राजक का आना हुआ और उनके प्रवचनों का आयोजन हुआ, उससे जयप्रकाश काफी प्रभावित हुए और फिर अमेरिका में जाकर खेतों, कारखानों आदि में काम करते-करते पढ़ाई पूरी की।

यह सब प्रेरणा स्वामीजी की पुस्तकों और उनके भाषणों द्वारा जागी, जिसके कारण कमाओ और पढ़ो वाली बात सिद्ध हुई।

अमेरिका में, अध्ययन काल में जयप्रकाश नारायण ने एक कारखाने में फलों की पैकिंग का काम किया, गैरेज में मैकेनिक बनकर रहे, लोशन बेचे और लोगों को पढ़ाने का काम भी किया, ताकि पढ़ाई का खर्च इस आय से निकाल सकें। लोकनायक जयप्रकाश नारायण ने कहा था, ''राष्ट्रपति का बेटा हो या भंगी की संतान, सबकी शिक्षा एक समान।''

संघर्ष करते-करते जयप्रकाश अब थक चुके थे। वे देश और देशवासियों को तो नई दिशा दे चुके थे, पर जन-कल्याण के लिए उनका शरीर एवं मानसिक चिंतन कभी विश्राम नहीं कर पाया। मानो उन्होंने अपने आपको स्वयं ही दंडित कर लिया, जिसका प्रतिकूल प्रभाव उनके शरीर एवं स्वास्थ्य पर पड़ा। 1977 के बाद जयप्रकाश के स्वास्थ्य में बहुत गिरावट आई, उनके गुर्दों ने पूरी तरह से काम करना बंद कर दिया था। मौत से महीनों तक संघर्ष करने के बाद उस महान् राष्ट्रीय नेता ने 8 अक्तूबर, 1979 को अंतिम साँस ली। उनके निधन से सारा देश शोक में डूब गया। प्रधानमंत्री चौधरी चरण सिंह ने सात दिनों का राष्ट्रीय शोक घोषित किया। बिहार के मुख्यमंत्री रामसुंदर दास ने तेरह दिनों के राजकीय शोक की घोषणा की।

उनकी महाप्रयाण यात्रा में राष्ट्रपति नीलम संजीव रेड्डी, पूर्व प्रधानमंत्री मोरारजी देसाई व इंदिरा गांधी, चंद्रशेखर, अटल बिहारी वाजपेयी, शेख अब्दुल्ला जैसे गण्यमान्य जन तथा लगभग 10 लाख लोग शामिल थे।

जयप्रकाश नारायण आजीवन देश एवं देशवासियों की भलाई के लिए संघर्ष करते रहे। संघर्ष के बल पर ही उन्होंने कमजोर आर्थिक स्थिति होते हुए भी विदेश जाकर उच्च शिक्षा प्राप्त की। उन्होंने देश की आजादी एवं देशवासियों को जो दिशा प्रदान की, उन्हें युग-युगांतर तक सम्मान के साथ याद किया जाता रहेगा और उनकी कीर्ति एवं यश का गुणगान भारत के सामाजिक एवं राजनीतिक इतिहास के पन्नों पर स्वर्णाक्षरों में लिखा जाएगा।

□

परिशिष्ट

परिशिष्ट-1

जेपी–सार-संक्षेप

वास्तविक नाम—जयप्रकाश नारायण

उपनाम—जे.पी.

कार्य—भारतीय स्वतंत्रता सेनानी और राजनेता

जन्म—11 अक्तूबर, 1902

जन्मस्थान—सिताब दियारा, बिहार (अब बलिया, उत्तर प्रदेश में)

निधन—8 अक्तूबर, 1979; पटना, बिहार

स्कूल/विद्यालय—कॉलेजिएट स्कूल, पटना

महाविद्यालय/विश्वविद्यालय—कैलिफोर्निया विश्वविद्यालय; बरकले; विसकांसन विश्वविद्यालय

शैक्षणिक योग्यता—समाजशास्त्र में परास्नातक

पिता—हरसू दयाल (सरकारी नहर विभाग में कार्य)

माता—फूल रानी देवी

धर्म—हिंदू

जाति—कायस्थ

वैवाहिक स्थिति—विवाहित

पत्नी—प्रभावती देवी

पुरस्कार/सम्मान

लोकनायक जयप्रकाश नारायण को उनकी राष्ट्र-सेवा के लिए अनेक पुरस्कार व सम्मान मिले—

- समाजसेवा के लिए 1965 में रमन मैग्ससे पुरस्कार।
- 1999 में मरणोपरांत, देश के सर्वोच्च सम्मान भारत रत्न से सम्मानित किया गया।
- दिल्ली सरकार का सबसे बड़ा अस्पताल 'लोकनायक जयप्रकाश अस्पताल' उनके नाम पर ही है।
- पटना के हवाईअड्डे का नाम उनके नाम पर रखा गया है।
- 1 अगस्त, 2015 को, छपरा-दिल्ली-छपरा साप्ताहिक एक्सप्रेस को उनके सम्मान में 'लोकनायक एक्सप्रेस' का नाम दिया गया।
- 1947 और 1953 के बीच जयप्रकाश नारायण अखिल भारतीय रेलवे संघ के अध्यक्ष थे, जो भारतीय रेलवे में सबसे बड़ा श्रमिक संघ है।
- वर्ष 2002 में, भारतीय रिजर्व बैंक द्वारा जयप्रकाश नारायण के जन्मदिवस पर एक रुपए का सिक्का जारी किया गया।
- अप्रैल 1994 में, उत्तर प्रदेश सरकार द्वारा जयप्रकाश नारायण की याद में एक स्मारक बनवाया गया।
- वर्ष 2001 में, भारत सरकार द्वारा जयप्रकाश नारायणजी की याद में एक डाक टिकट जारी किया गया।

जयप्रकाश नारायण ने अनेक किताबें लिखी हैं। उनके लेखों, साक्षात्कारों

और भाषणों के संग्रह भी कई खंडों में उपलब्ध हैं। अनेक विद्वान् लेखकों और जयप्रकाश नारायण के समकालीनों ने भी उन पर खूब लिखा है। इनमें से बहुत सी किताबें हिंदी समेत विभिन्न भाषाओं में अनूदित हो चुकी हैं।

जयप्रकाश नारायण द्वारा रचित कुछ महत्त्वपूर्ण पुस्तकें—

- व्हॉइ सोशलिज्म (1936)
- टूवॉड्‌र्स स्ट्रगल (1946)
- इनसाइड लाहौर फोर्ट (1947)
- फ्रॉम सोशलिज्म टू सर्वोदय (1957)
- टूवॉड्‌र्स ए न्यू सोसाइटी (1957)
- जयप्रकाश नारायण जेल लाइफ (निजी पत्रों का संग्रह) (1977)
- टूवाड्‌र्स टोटल रिवोल्यूशन (1978)

जयप्रकाश नारायण पर लिखी गईं महत्त्वपूर्ण पुस्तकें—

रेड फ्यूजिटिव : जयप्रकाश नारायण—एच.एल. सिंह (1946)

लाइफ एंड टाइम ऑफ जयप्रकाश नारायण—जेएस ब्राइट (1946)

लोकनायक जयप्रकाश नारायण—सुरेश राम (1974)

जयप्रकाश नारायण : ए पॉलिटिकल बायोग्राफी—अजीत भट्टाचार्य (1975)

जयप्रकाश नारायण : हिज बायोग्राफी—एलन एंड वेंडी स्कार्फ (1975)

हू इज दिस मैन—मीनू मसानी (1975)

लोकनायक जयप्रकाश नारायण—फारूक अरगली (1977)

बिहार शोज द वे (चित्रावली)—रघु राय एंड सुनंदा दत्ता रे (1977)

- जयप्रकाश नारायण का जन्म बिहार के सारण जिले के सिताब दियारा गाँव में एक कायस्थ परिवार में हुआ।
- जब वे नौ वर्ष के हुए, अपना घर छोड़कर कॉलेजिएट स्कूल में दाखिला लेने पटना चले गए।
- पटना में उन्हें सरस्वती, प्रभा और प्रताप जैसी पत्रिकाएँ पढ़ने का अवसर प्राप्त हुआ, यही नहीं, उन्हें भारत-भारती, मैथलीशरण गुप्त

और भारतेंदु हरिश्चंद्र की कविताएँ पढ़ने का भी मौका मिला, जिससे वे काफी प्रोत्साहित हुए।

- वर्ष 1920 में, जब वे 18 वर्ष के थे, उनका विवाह बिहार के प्रसिद्ध गांधीवादी बृजकिशोर प्रसाद की पुत्री प्रभावती के साथ हो गया।

- विवाह के बाद भी जयप्रकाश अपनी पढ़ाई में काफी व्यस्त थे, जिसके कारण वे अपनी पत्नी प्रभावती को अपने साथ नहीं रख सकते थे, इसलिए प्रभावती कस्तूरबा गांधी के साथ गांधी आश्रम में रहने लगीं।
- मौलाना अबुल कलाम आजाद के भाषण से प्रभावित होकर उन्होंने पटना कॉलेज को छोड़ दिया और 'बिहार विद्यापीठ' में दाखिला ले लिया।
- वर्ष 1922 में, बिहार विद्यापीठ से पढ़ाई करने के बाद वे आगे की पढ़ाई के लिए अमेरिका चले गए, जहाँ उन्होंने आठ वर्ष अध्ययन किया।
- जनवरी 1923 में, उन्होंने अमेरिका के ही बर्कले विश्वविद्यालय में दाखिला लिया। अमेरिका में पढ़ाई का खर्च उठाने के लिए उन्होंने कारखानों, होटलों, इत्यादि में कार्य किया।
- वर्ष 1929 में जब वे अमेरिका से लौटे, उस समय भारतीय स्वतंत्रता संग्राम तेज गति में था। इसी समय उनका संपर्क महात्मा गांधी के साथ

कार्य कर रहे जवाहरलाल नेहरू से हुआ और वे भारतीय स्वतंत्रता संग्राम का हिस्सा बन गए।

- वर्ष 1932 में गांधी, नेहरू और अन्य महत्त्वपूर्ण कांग्रेसी नेताओं के जेल जाने के बाद, उन्होंने भारत में अलग-अलग हिस्सों में स्वतंत्रता संग्राम का नेतृत्व किया; जिसके परिणामस्वरूप सितंबर 1932 में उन्हें मद्रास से गिरफ्तार कर नासिक जेल में भेज दिया गया।
- जेल में उन्होंने कांग्रेस सोशलिस्ट पार्टी (सी.एस.पी.) की स्थापना की।
- वर्ष 1934 में जब कांग्रेस पार्टी ने चुनाव लड़ने की घोषणा की, तब जयप्रकाश नारायण व सी.एस.पी. ने इसका विरोध किया।

- वर्ष 1939 में, उन्होंने द्वितीय विश्वयुद्ध के समय ब्रिटिश सरकार के खिलाफ लोक आंदोलन का नेतृत्व किया।
- उन्होंने टाटा स्टील कंपनी में हड़ताल कराई, क्योंकि वे चाहते थे कि वह ब्रिटिश सरकार को इस्पात का निर्यात न करे। इसके चलते उन्हें गिरफ्तार कर लिया गया और नौ महीने की कैद की सजा सुनाई गई।
- वर्ष 1942 में, भारत छोड़ो आंदोलन के दौरान वे आर्थर जेल से फरार हो गए थे।

- स्वतंत्रता सेनानी विनोबा भावे से प्रेरित होकर 19 अप्रैल, 1954 को जयप्रकाश नारायण गया में आयोजित 'सर्वोदय आंदोलन' से जुड़ गए।
- वर्ष 1957 में उन्होंने लोकनीति के पक्ष में राजनीति छोड़ने का फैसला किया।
- वर्ष 1975 में जब अदालत में इंदिरा गांधी पर चुनाव के दौरान भ्रष्टाचार का आरोप साबित हुआ, तब जयप्रकाश ने विपक्ष को एकजुट कर उनके इस्तीफे की माँग की, जिसके परिणामस्वरूप प्रधानमंत्री इंदिरा गांधी ने राष्ट्रीय आपातकाल लागू कर दिया और जयप्रकाश नारायण समेत हजारों विपक्षी नेताओं को गिरफ्तार कर लिया गया।
- उन्होंने स्वतंत्रता संग्राम के दौरान हथियारों के इस्तेमाल को अनिवार्य समझा, जिसके बाद उन्होंने नेपाल जाकर 'आजाद दस्तों' का गठन किया और उन्हें प्रशिक्षण दिया।
- जयप्रकाश नारायण ने 5 जून, 1975 को पटना के गांधी मैदान में

विशाल जनसमूह को संबोधित किया, जहाँ उन्हें 'लोकनायक' की उपाधि दी गई। इसके कुछ दिनों बाद उन्होंने दिल्ली के रामलीला मैदान में ऐतिहासिक भाषण दिया।

- जनवरी 1977 में इंदिरा गांधी की सरकार ने आपातकाल हटाने का फैसला किया, जिसके चलते मार्च 1977 में चुनाव हुए और लोकनायक 'संपूर्ण क्रांति आंदोलन' के चलते भारत में पहली बार गैर-कांग्रेसी सरकार बनी।
- जयप्रकाश नारायण समाजवादी, सर्वोदयी तथा लोकतांत्रिक जीवन पद्धति के समर्थक थे। उनके अनुसार, समाजवाद एक जीवन पद्धति है, जो मानव की स्वतंत्रता, समानता, बंधुत्व तथा सर्वोदय की समर्थक है, समाजवाद आर्थिक तथा सामाजिक पुनर्निर्माण की पूर्ण विचारधारा है।
- आपातकाल के दौरान जेल में बंद रहने के कारण उनकी तबीयत अचानक खराब हो गई और 12 नवंबर, 1976 को उन्हें रिहा कर दिया गया और मुंबई के जसलोक अस्पताल में जाँच के लिए ले जाया गया, जहाँ उनकी किडनी खराब हो गई थी, जिसके बाद वे डायलिसिस पर ही रहे और अंत में 8 अक्तूबर, 1979 को पटना में दिल का दौरा पड़ने से उनका निधन हो गया।
- वे श्री सत्य साईं के अनुयायी थे।

□

परिशिष्ट–2

जयप्रकाश नारायण की यादें

संपूर्ण क्रांति आंदोलन के अग्रदूत जयप्रकाश नारायण से जुड़ी हर याद को बाबूखाती जयप्रकाश नारायण म्यूजियम में सहेजकर रखा गया है। उनके आवास से लेकर म्यूजियम तक के सफर में आप जयप्रकाश नारायण की जीवन यात्रा के साथ सफर करते चलते हैं। जयप्रकाश नारायण व प्रभावती देवी से जुड़ी हर याद उसी अंदाज में सँभालकर रखी हुई है, जिस तरह वह पहले थी। जयप्रकाश नारायण का घर, दालान, उनका अपना कमरा, उनकी वह चारपाई, जो शादी के समय उन्हें मिली थी, उनकी चप्पलें, कुछ कपड़े, वह ड्रेसिंग टेबल, जहाँ वे दाढ़ी बनाया करते थे, सबकुछ ठीक से रखा गया है, जिन्हें देखा और कुछ महसूस किया जा सकता है। उनके घर की बाईं ओर शानदार स्मारक है। जहाँ उनसे जुड़े पत्र, फोटोग्राफ इत्यादि सँजोए गए हैं। पत्रों में डॉ. राजेंद्र प्रसाद द्वारा राष्ट्रपति रहते हुए भोजपुरी में लिखा गया पत्र भी शामिल है। इंदिरा गांधी, महात्मा गांधी, पंडित नेहरू इत्यादि अनेक नेताओं के पत्र व चित्र दर्शनीय हैं। दरअसल, बलिया में सांसद रहते, चंद्रशेखर ने जयप्रकाश नारायण के प्रति अपनी भक्ति को अच्छी तरह से साकार किया है। उन्हीं की वजह से बाहर से आनेवाले शोधार्थियों के पढ़ने-लिखने के लिए पुस्तकालय है, तीन से ज्यादा विश्राम गृह, स्थानीय लोगों के रोजगार के लिए कुटीर उद्योग हैं।

मालिक तेरी रजा रहे और तू ही तू रहे।
बाकी न मैं रहूँ, न मेरी आरजू रहे।।

जयप्रकाश नारायण के कमरे में अंदर झाँकते ही बोर्ड पर लगी यह उक्ति जयप्रकाश नारायण के व्यक्तित्व का दर्शन कराती है। मार्क्स और लेनिन के

विचारों से प्रभावित जयप्रकाश नारायण के कमरे में यह लाइन पढ़कर क्षण भर के लिए कोई सोच में पड़ जाए। आखिर उनका जीवन भी तो ऐसा ही था, जिसमें खुद के लिए कोई आरजू नहीं थी। खैर, आगे बढ़ने पर लोकनायक से जुड़ीं कुछ और यादों से सामना होता है।

उनके कमरे में घूमते हुए, वहाँ देखभाल करनेवाली दाई आगाह करती है कि किसी चीज को छुएँ मत। दरअसल, जयप्रकाश नारायण अंतिम समय में जिस तरह अपने सामान का उपयोग करते थे, कमरे में उनके दैनिक उपयोग की जुड़ी हर चीज आज भी उसी करीने से रखी हुई है।

मानो जयप्रकाश नारायण आज भी कहीं गए नहीं। पलंग के नीचे उनकी चप्पलें भी रखी हैं। ठीक वैसे ही, जैसे जयप्रकाश नारायण ने सोने से पहले उतारी हों। उन्हें गौर से देखने पर जयप्रकाश नारायण के पदचिह्न नजर आ जाते हैं। कमरे में जहाँ भी नजर दौड़ाइए, जयप्रकाश नारायण से जुड़ी चीजें, मानो उनका आईना दिखाती हैं।

जयप्रकाश के कमरे की टेबल पर ओम नमः शिवाय का बोर्ड भी दिखता है। स्वामी विवेकानंद की ब्लैक एंड व्हाइट तसवीर दिखती है। जाहिर है, मार्क्स व लेनिन के विचारों से प्रभावित जयप्रकाश नारायण के कमरे में ये चीजें अचंभे

में डालती हैं। दरअसल, जयप्रकाश नारायण की शिक्षा-दीक्षा अमेरिका में हुई। वे शुरुआती छात्र जीवन में लेनिन के विचारों को मानते थे, लेकिन गांधीजी के संपर्क में आने के बाद ईश्वर में भी उनकी आस्था बढ़ती गई।

उनके शयनकक्ष में छत को निहारने पर उषा का सिलिंग फैन दिखता है। दाई ने स्विच चलाया तो पंखा तेजी से चलने लगा। दीवारों पर सजी पेंटिंग व कलाकृतियों को देखकर जयप्रकाश नारायण की सादगी से परिचय होता है। कमरे की दाहिनी तरफ एक वार्डरोब दिखता है, जिसमें ऊपर के केबिन में जयप्रकाश नारायण के इस्तेमाल किए कोट व ब्लेजर का कलेक्शन दिखता है। नीचे के केबिन में जूतों व चप्पलों का कलेक्शन दिखता है। कुछ जूते वेस्टर्न स्टाइल के तो कुछ देसी अंदाज के। वार्डरोब में सात से आठ जोड़ी जूते-चप्पल का कलेक्शन लगा हुआ है।

जयप्रकाश नारायण के कमरे में पलंग के ठीक बगल में लगी टेबल पर घड़ी व ताँबे का प्यारा सा पनबटा नजर आता है। पनबटा देखकर लगता है कि जयप्रकाश नारायण शायद पान खाने के शौकीन रहे होंगे। कमरे के कोने में पीतल का वाटर फिल्टर भी दिखता है।

भगवान् बुद्ध की ध्यानमग्न मूर्ति के अलावा नटराज भगवान् की कलाकृति भी उनके कमरे की शोभा बढ़ाती है। जयप्रकाश नारायण के अस्थि-कलश को भी उनके कमरे में शीशे के वार्डरोब में सँभालकर रखा गया है। जानकारों के अनुसार जयप्रकाश नारायण ने इसी कमरे में अंतिम साँस ली थी।

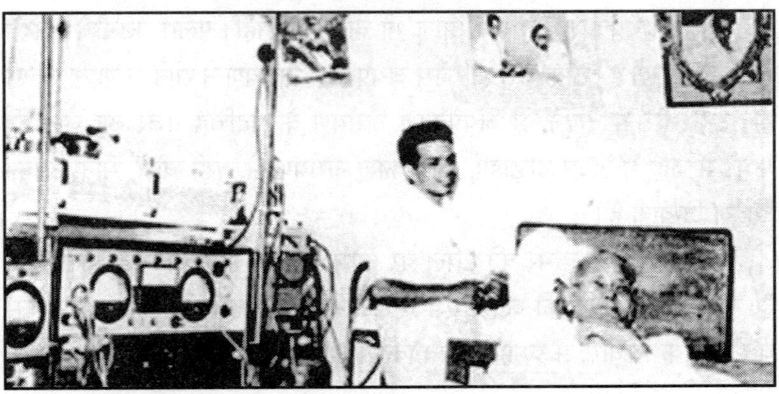

यूँ तो यह कमरा जयप्रकाश नारायण का शयनकक्ष है। कमरे के बाएँ कोने पर एक शानदार ड्रेसिंग टेबल भी लगी है। शीशे के नीचे उनकी पत्नी प्रभावती की तसवीर सजी है। साज-सज्जा के कुछ कॉस्मेटिक आइटम्स भी ड्रेसिंग टेबल पर रखे हैं। टेबल के ऊपर होम्योपैथिक दवाइयों की बोतलें भी रखी हैं। जानकार बताते हैं कि संपूर्ण क्रांति के दौरान जयप्रकाश नारायण किडनी के मरीज हो गए थे। इसके इलाज के लिए वे होम्योपैथिक दवाइयों का सेवन करते थे।

जयप्रकाश नारायण आवास पर स्वतंत्रता आंदोलन से जुड़ी कई हस्तियों ने उपस्थिति दर्ज कराई है। देश के प्रथम प्रधानमंत्री पंडित जवाहर लाल नेहरू से लेकर महात्मा गांधी तक जयप्रकाश नारायण से मिलने उनके आवास पर आ चुके हैं। जिस व्यक्तित्व के खिलाफ जयप्रकाश नारायण ने संपूर्ण क्रांति का बिगुल फूँका था, यानी इंदिरा गांधी भी किसी जमाने में उनके आवास पर आ चुकी हैं। इसके अलावा आचार्य जेबी कृपलानी, पूर्व राष्ट्रपति नीलम संजीव रेड्डी भी यहाँ आ चुके हैं।

जयप्रकाश नारायण म्यूजियम घूमने के दौरान तत्कालीन प्रधानमंत्री इंदिरा

गांधी द्वारा जयप्रकाश नारायण के नाम पत्र पर नजर पड़ती है। फिर पत्र पर 1969 का वर्ष दिखता है, जब इंदिरा गांधी के संबंध जयप्रकाश नारायण से काफी अच्छे थे। पत्र में इंदिरा ने महात्मा गांधी के जन्म शताब्दी समारोह के संबंध को खास बनाने के लिए जयप्रकाश नारायण को दिल्ली आमंत्रित किया था। म्यूजियम के अंदर जयप्रकाश नारायण के नाम महात्मा गांधी का पत्र भी दिखता है।

यूँ तो जयप्रकाश नारायण की जीवन यात्रा पर नजर डालें तो सादगी हर कदम पर दिखती है, लेकिन वे समय व परिस्थिति के हिसाब से खुद को बदलना भी जानते थे। आमतौर पर धोती व कुरता पहननेवाले जयप्रकाश नारायण विदेश जाते समय बिल्कुल पश्चिमी वेशभूषा में नजर आते थे। म्यूजियम में उनकी जीवन यात्रा पर लगी तसवीरें यही बयाँ करती हैं। विदेशी दौरों पर कोट, पैंट व टाई में उनका लुक बिल्कुल बदल जाता था। उस समय के दिग्गज नेता विली ब्रांट, अर्नेस्ट बॉडर व फिलिप नोडल के साथ उनकी तसवीरें म्यूजियम में सजी हैं।

जयप्रकाश नारायण के शयन कक्ष से लेकर म्यूजियम तक नजर दौड़ाने पर पता चलता है कि उनकी जीवन संगिनी प्रभावती देवी उनके साथ साए की तरह हर जगह दिखती हैं। स्वतंत्रता आंदोलन के समय अलग-अलग मोरचों पर जयप्रकाश नारायण व प्रभावती साथ-साथ दिखते हैं। जयप्रकाश नारायण विदेशी दौरों पर भी प्रभावती को साथ ले जाना नहीं भूलते थे।

जयप्रकाश नारायण आवास में प्रभावती देवी से जुड़ी यादें भी बेहद सहेजकर रखी गई हैं। उनके द्वारा इस्तेमाल किया गया इत्र, दस्ताने, मोजे, कंघी, जूतियाँ व सैंडल आदि सभी चीजों को आज भी उसी स्थिति में रखा गया है। प्रभावती देवी के कक्ष में गांधीजी व डॉ. राजेंद्र बाबू से उनका लगाव उनके नाम लिखे पत्रों में दिखता है।

□

परिशिष्ट-3

जेपी के प्रेरक विचार

अणु-युग—अणु-युग ने आज के मानव के सामने एक चुनौती खड़ी कर दी है। युग-युग से मानव आपस में लड़ता-झगड़ता आया है और फिर भी मानव जाति टिकी रही है, लेकिन आज अणु-युग ने मानव को ऐसी गंभीर चेतावनी दे दी है कि मानव यदि अब एक-दूसरे के साथ लड़ना बंद नहीं करेगा तो वह संपूर्ण मानव-जाति का सर्वनाश कर बैठेगा। अब मानव-समाज से हिंसा को

जड़मूल से उखाड़ना पड़ेगा और मनुष्य अपने पड़ोसी के साथ शांतिपूर्ण भाईचारे के साथ रह सके, ऐसी नई जीवन-पद्धति ढूँढ़नी होगी। इसके लिए नया चिंतन चाहिए, बिल्कुल नए सिरे से सोचना चाहिए। वही पुराने आर्थिक, राजनीतिक, सामाजिक ढाँचे अब नहीं चलेंगे। पुरानी व्यवस्थाएँ, पुराने मूल्य और पुराने तौर-तरीके सबकुछ बदलने पड़ेंगे। नए मूल्य, नई रीति और नई व्यवस्था की खोज करनी पड़ेगी।

अधिनायकवाद—यह विलक्षण बात है कि जब कोई अधिनायक पाश्चात्य ढंग की लोकतांत्रिक व्यवस्था को तोड़ता है तो वह उस 'सच्चे जनवादी लोकतंत्र' में अपना विश्वास घोषित करता है, जो गाँव से एक-एक सीढ़ी ऊपर उठनेवाला हो। अधिनायक हमेशा किसी-न-किसी प्रकार के बुनियादी लोकतंत्र की ही बात क्यों करता है, क्योंकि अधिनायक बड़े चतुर होते हैं और ये समझते हैं कि जनता उस प्रकार के लोकतंत्र को आसानी से समझ सकेगी और पाश्चात्य व्यवस्था में राजनीतिज्ञों के हाथ का खिलौना बनाने की बजाय इस व्यवस्था को आत्मस्थ अनुभव करेगी और फलतः दौड़कर ऐसे अधिनायकों का समर्थन करेगी। बारीकी से छानबीन की जाए तो पता चलेगा कि अधिनायकवादी व्यवस्था में लोगों को मिथ्या प्रलोभन देकर उन्हें अपनी स्वतंत्र स्थिति का त्याग करने को विवश किया जाता है। यह देखा गया है कि लोगों को इस प्रकार दिए गए प्रलोभन न तो फासिस्ट और न कम्युनिस्ट अधिनायकवादी व्यवस्था में पूरे पाए गए हैं।

अहिंसा—गांधीजी के जीवनकाल में तो उनके बहुत सारे कार्यों और विचारों का मैं आलोचक ही रहा हूँ। राजनीतिक अस्त्र के रूप में अहिंसा कितनी सफल हो सकती है, इस वाद-विवाद में जेलों में हमने कई रातें बिताई हैं। उन दिनों मेरे मन में यह बात जम चुकी थी कि घोर निद्रा में डूबे हमारे बदनसीब राष्ट्र को जाग्रत् करने और उसे क्रियाशील बनाने के लिए सविनय अवज्ञा आंदोलन तथा जेलों को भरने का कार्यक्रम एक अच्छी व्यूह रचना हो सकती है, लेकिन स्वतंत्रता प्राप्ति की अंतिम लड़ाई में तो हिंसा का सहारा लिये बिना कोई चारा नहीं है, लेकिन बाद में जो घटनाएँ घटित होती गईं, उन्होंने मेरी इस मान्यता को गलत ठहराया। इतना ही नहीं, बल्कि राजनीतिक अस्त्र और समाज परिवर्तन के साधन के रूप में अहिंसा की सफलता के संबंध में मुझे एक नई प्रतीति हुई।

आत्मा की स्वतंत्रता—आत्मा की स्वतंत्रता की अनुभूति तो वे ही कर सकते हैं, जो आत्मा का अर्थ जानते हों, जीवन का अर्थ समझते हों, जो जानते हों कि स्वयं उनका उद्‌देश्य क्या है, वे किसलिए जी रहे हैं और वे कहाँ जाना चाहते हैं।

आध्यात्मिक और आत्मिक स्वतंत्रता—मैं आध्यात्मिक और आत्मा की स्वतंत्रता में अंतर करना चाहता हूँ। मेरे लिए आत्मा की स्वतंत्रता से आशय, आध्यात्मिक स्वतंत्रता से सामान्यतः जो अर्थ लिया जाता है, उससे कहीं अधिक बृहत् और कहीं अधिक दूरगामी एवं कहीं अधिक गहन है। जिन अर्थों में आध्यात्मिक स्वतंत्रता का प्रयोग होता है, उसमें कई दूसरी स्वतंत्रताएँ छूट जाती हैं; आर्थिक स्वतंत्रता, राजनीतिक स्वतंत्रता और सामाजिक स्वतंत्रता, लेकिन जब आत्मा स्वतंत्र है तो किसी बंधन का कहीं अस्तित्व ही नहीं रह जाता है।

आर्थिक सुधार—मैं इस बात पर बल देना चाहता हूँ कि गाँव और उसकी राजनीतिक एवं आर्थिक संस्थाओं को प्रभावी तथा समन्वित संगठन का रूप देने के लिए सबसे आवश्यक आर्थिक सुधार मेरी दृष्टि में यह होगा कि गाँव की संपूर्ण भूमि का स्वामित्व एवं प्रबंध ग्रामसभा में निहित कर दिया जाए, जिससे गाँव का प्रत्येक व्यक्ति गाँव की भूमि, संपत्ति का समान रूप से अधिकारी

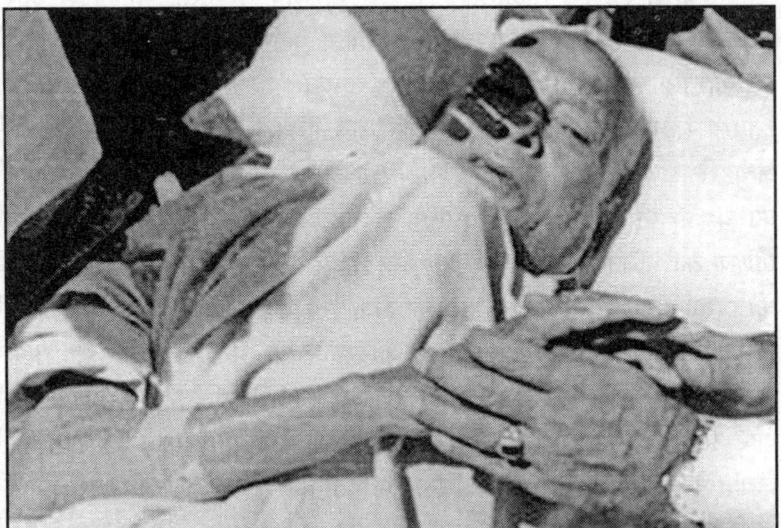

बन जाए और ग्रामीण समुदाय के प्रत्येक सदस्य के साथ संपूर्ण समुदाय के लाभ के लिए उस संपत्ति का समान रूप से उपयोग हो सके।

आलोचना—मेरा किसी व्यक्ति से झगड़ा नहीं है। किसी व्यक्ति से नहीं; चाहे वे इंदिराजी हों या कोई और हों। हमारा तो नीतियों से झगड़ा है, सिद्धांतों के कारण झगड़ा है। जो कार्य गलत होंगे, जो नीति सही नहीं होगी, जो सिद्धांत गलत होंगे, मैं उनका विरोध करूँगा। गांधीजी की भी यदि कोई बात गले नहीं उतरी, तो उसका विरोध किया। गांधीजी में इतनी महानता थी कि वे बुरा नहीं मानते थे। मैंने तो गांधीजी की भी आलोचना की है और जवाहरलालजी की भी। वे बड़े भाई थे, उन्हें मैं भाई कहता था। फिर भी उनकी जो नीतियाँ हमें सही नहीं लगती थीं, मैं उनकी कटु आलोचना करता था। उनमें भी बड़प्पन था। इंदिराजी से भी मेरे मतभेद हैं, लेकिन उसमें इंदिराजी बनाम जयप्रकाश की कोई बात नहीं थी। उनकी नीतियों से विरोध था, उनके कार्यों से विरोध था।

उद्योग—मानव-जीवन और उसके विकास के लिए कृषि एवं उद्योग; दोनों ही आवश्यक हैं। उद्योग के प्रश्न पर मानव के संपूर्ण जीवन की दृष्टि से विचार करना चाहिए। यह बात बिल्कुल भी नहीं भूलनी चाहिए कि उद्योग मनुष्य के लिए है, मनुष्य उद्योग के लिए नहीं।

एबीसी त्रिभुज—आमतौर पर इस महाद्वीप में भारत, बँगलादेश और पाकिस्तान को शामिल किया जाता है, लेकिन भूटान, सिक्किम एवं नेपाल भी इस भारतीय उपमहाद्वीप के ही भाग हैं। उनका भविष्य भी उनके और हमारे आपसी सद्भाव, मैत्री तथा सहयोग पर अवलंबित है। वास्तव में, विनोबाजी, जवाहरलालजी, राम मनोहर लोहिया और स्वयं मेरे सहित इस देश के कई लोगों का यह स्वप्न है कि केवल भारतीय उपमहाद्वीप ही नहीं, बल्कि पूरे दक्षिण एशिया का भवितव्य यही है कि इस क्षेत्र के सभी लोग किसी-न-किसी प्रकार की बिरादरी या संघ के रूप में एकजुट होकर रहें। विनोबाजी ने कई बार एबीसी त्रिभुज की बात कही है। ए. यानी अफगानिस्तान, बी. यानी बर्मा और सी. यानी सीलोन। इन तीनों छोरों के बीच के प्रदेश सहज ही भौगोलिक और राजनीतिक दृष्टि से एकरूप हैं, इतिहास एवं संस्कृति से भी परस्पर जुड़े हुए हैं। गोया कि नियति ने राजनीतिक, आर्थिक और अन्य हितों की दृष्टि से एक बिरादरी बनाने के लिए इसका सृजन किया हो।

कर्तव्य—भावी भारत के निर्माताओं का यह कर्तव्य है कि वे उन स्रोतों का पता लगाएँ, जो शाश्वत भारतीय जन-जीवन को गतिशील बनाए रखने में समर्थ हैं। आज जिस पद्धति का हम विधान करने चले हैं, उसकी संगति निश्चय ही भारत की शाश्वत भावना और अखंड परंपरा से बैठनी चाहिए।

किसानों की समस्याएँ—आज किसान के सामने, जो अनेक कठिनाइयाँ उपस्थित हैं, उन्हें हल करने में राज्य को सहायता करनी पड़ेगी। इन समस्याओं में बाजार की बेहतर सुविधा का प्रबंध, सस्ते ऋण, तकनीकी सहायता और शोध-केंद्रों की व्यवस्था शामिल है। राज्य यह सारी व्यवस्था सहकारी बैंकों, गोदामों, अनाज-गोलों, नमूने के फार्मों और सबसे अधिक ऐसे प्रशासनिक पुनर्संगठन के माध्यम से करेगा। कृषि-योग्य बंजरभूमि के सुधार, भूमि-क्षरण की रोकथाम और सिंचाई के साधनों के विकास की जिम्मेदारी राज्य पर रहेगी। इस मामले में वैयक्तिक प्रयासों को सामूहिक कर्तृत्व की दिशा में प्रचलित करते हुए भूमि-सेवक और अन्न-सेना महत्त्वपूर्ण भूमिका अदा करेगी।

खेतिहर क्रांति—मैं सोचता हूँ कि इस देश को खेतिहर क्रांति की भी आवश्यकता है। कम-से-कम उन प्रदेशों में, जिनमें जमींदारी रही है। वहाँ के ग्रामीण समाज में, वहाँ की रचना में और संबंधों में उसके बिना कोई बुनियादी

परिवर्तन नहीं होनेवाला है। कमजोर और गरीब लोगों को नाम की मालकियत भले ही मिल जाए, लेकिन वास्तविक सत्ता विभिन्न वर्गों एवं जातियों के निहित स्वार्थों के ही हाथों में होगी। कानून पास होते हैं, लेकिन उन पर अमल नहीं होता। खाते में नाम हरिजन का होता है और अधिकार सवर्णों के हाथ में रहता है। महाजनी का मामला बड़ा पेचीदा है। ऊपर के लोगों के पास यह इतना बड़ा साधन है कि इसके भरोसे छोटे किसानों और भूमिहीनों पर उनका प्रभुत्व बना ही रहता है।

खेतिहर मजदूर—खेतिहर मजदूर की समस्या मुख्य रूप से अपूर्ण रोजगार समस्या है। जहाँ भी संभव होगा, सिंचाई तथा अन्य उपायों से दोहरी फसल पैदा करने की कोशिश की जाए। इससे खेती से प्राप्त होनेवाले रोजगार का जो मौसमी रूप है, वह कुछ बदलेगा। रुई के बिनौले निकालने, उनकी गाँठें बनाने और तेल निकालने जैसे उद्योगों से रोजगार के नए रास्ते उपलब्ध होंगे। गाँव केवल खेतिहर समुदाय नहीं रह जाएँगे। ग्रामीण उद्योग तथा बृहत् स्तरीय उद्योगों की भी विकेंद्रित प्रक्रियाएँ गाँवों में स्थापित होंगी। ग्रामीण कारीगरों के लिए कुछ निर्माण के कार्य सुरक्षित कर दिए जाएँगे और उनके साथ बड़े उद्योगों की प्रतियोगिता नहीं होने दी जाएगी। सड़क का निर्माण, मरम्मत और लघु सिंचाई के साधनों का निर्माण, जैसे सार्वजनिक महत्त्व के कार्यों से खेतिहर मजदूरों को रोजगार मिलेगा।

गाँव—गाँव केवल आर्थिक दृष्टि से नहीं, बल्कि राजनीतिक दृष्टि से भी एक बृहत्तर समष्टि की इकाई बने। मुझे लगता है कि यदि हमें राजनीतिक जीवन को पुनर्वासित करना है तो गाँव को एक बहुत ही वास्तविक अर्थ में, फिर से एक बार स्वशासी इकाई बनाना होगा। वस्तुतः जब तक ऐसा नहीं होता, तब तक जिस प्रकार की इकाई की यहाँ कल्पना की गई है, उसके आर्थिक कृत्यों का भी निर्वहन गाँव नहीं कर सकता। यह स्मरण रखना चाहिए कि गाँव एक प्राथमिक और प्रत्यक्ष समुदाय है, जहाँ लोगों को वस्तुतः आमने-सामने रहना पड़ता है और एक-दूसरे के सुख-दुःख में भागीदार होना पड़ता है।

गांधी की खोज—मुझे इस बात से बड़ी प्रसन्नता होती है कि गांधीजी की खोज की जा रही है और फिर से की जा रही है। मैंने अकसर यह अनुभव किया है कि दिल्ली शायद महात्मा गांधी का एक से अधिक अर्थों में कब्रिस्तान है,

लेकिन मैं सोचता हूँ कि गांधीजी को पुनर्जीवित किया जा रहा है और गांधी को पुनर्जीवित करने का श्रेय एवं सम्मान सामुदायिक विकास मंत्रालय को मिल रहा है। अत: मेरे लिए यह बड़े संतोष का विषय है कि आप गांधी की ओर लौट रहे

हैं, किसी सैद्धांतिक पूर्वग्रह या रुझान के कारण नहीं, बल्कि इस कारण कि आपके सामने विकास की समस्या उपस्थित है। मुझे विश्वास है कि जब आपके सामने अनेक समस्याएँ खड़ी होंगी तो आप बार-बार गांधी के पास आएँगे। गांधी ने मनुष्य को अपने संपूर्ण चिंतन के केंद्र में रखा था। अगर हम भी मनुष्य तथा उसके कल्याण को अपनी यात्राओं का गंतव्य मान लें, तो मैं समझता हूँ कि हम बार-बार गांधीजी की खोज किया करेंगे, इसलिए नहीं कि हम इस या उस प्रकार के सामाजिक ढाँचे में विश्वास करते हैं, बल्कि इसलिए कि हम मनुष्य में विश्वास करते हैं और उसे अपने संपूर्ण कार्यक्रम के केंद्र में रखने की कोशिश कर रहे हैं।

ग्रामीण शिक्षा—अर्थव्यवस्था का निर्माण करने के लिए ग्रामीण शिक्षा में बुनियादी सुधार करना आवश्यक है। इस उद्‌देश्य की पूर्ति के लिए ग्रामीण शिक्षा को मुख्यत: पुस्तक-निरपेक्ष, व्यावहारिक तथा कृषि संबंधी तकनीकों पर बल देनेवाली प्राविधिक शिक्षा का रूप देना होगा।

ग्रामीण—यह कहा जाता है कि गाँव के लोग इतने पिछड़े, अनभिज्ञ और अल्पज्ञ हैं कि वे स्वशासन नहीं कर सकते। इसमें संदेह नहीं कि सदियों से हमारे समाज का ढाँचा ऐसा रहा है कि ग्रामीण लोग बलात् कुछ मामलों में बहुत पिछड़े रह गए, पर अब वे नगर के शिक्षितों की अपेक्षा न तो नैतिक दृष्टि से पिछड़े हैं और न मानसिक दृष्टि से अधिक अयोग्य हैं। जो लोग दायित्व से भागना चाहते हैं, वे गाँव के अनभिज्ञ लोगों के पिछड़ेपन के बारे में बकवास करते हैं।

चरित्र—कोई मनुष्य अच्छा है तो वह अपनी जाति के कारण नहीं, बल्कि अपने चरित्र के कारण। वैसे ही कोई आदमी बुरा है तो वह अपनी जाति के कारण नहीं, बल्कि चरित्र के कारण।

चुनाव—लोकतंत्र के जन्म में चुनाव का महत्त्व जरा भी कम नहीं है, बीजरूप है। चुनाव के समय ही लोग अपने शासकों को चुनने के अपने सर्वोपरि जन्मसिद्ध अधिकार का इस्तेमाल कर सकते हैं, पर आज चुनाव का केंद्र-बिंदु लोक और लोकतंत्र की प्रक्रिया से हट गया है। कारण यह है कि पैसा, झूठ, बल प्रयोग और भ्रष्टाचार ने मिलकर चुनाव के अर्थ व उनके तत्त्व को ही धीरे-धीरे, लेकिन सतत रूप से क्षय करना प्रारंभ कर दिया है। चुनाव का खर्च दिन दूना, रात चौगुना बढ़ रहा है। गरीबों की पार्टी या उनके प्रत्याशी के लिए तो कोई

अवसर ही नहीं है और न तो इतनी बड़ी राशि खर्च कर सकनेवाले प्रत्याशियों से यह उम्मीद रखी जा सकती है कि वे गरीबों के लिए काम करेंगे। उसी तरह, गुप्त राशि (पैसों) पर पनपनेवाला जाल-फरेब व छल-छद्म तथा सशक्त राजनीतिक व जातिगत स्वार्थों की शह पर होनेवाले बल प्रयोग चौंकानेवाले ढंग से बढ़ रहे हैं। चुनाव अधिकारियों को डराने-धमकाने व पैसे से उन्हें खरीद लेने के भ्रष्ट तरीके चुनाव-तंत्र को भी अन्य क्षेत्रों की तरह ही भ्रष्ट कर रहे हैं।

जनतंत्र बनाम दलीय तंत्र—दलीय राजनीति का परंपरागत स्वभाव है, सत्ता के लिए। उसमें सब तरह से निर्बल एवं दूषित करनेवाले होते ही हैं, यही बात मुझे और अधिक चिंतित करने लगी। मैंने देखा कि धन, संगठन और प्रचार के साधनों के बल पर विभिन्न दल कैसे अपने को जनता के ऊपर लाद देते हैं, कैसे जनतंत्र यथार्थ में दलीय तंत्र बन जाता है, कैसे दलीय तंत्र अपने क्रम से स्थानीय चुनाव-समितियों एवं निहित स्वार्थों से संबद्ध गुटों का राज्य बन जाता है, किस प्रकार जनतंत्र केवल मतदान में सिमट और सिकुड़कर रह जाता है, किस प्रकार मत देने का यह अधिकार तक, उन शक्तिशाली दलों द्वारा अपना उम्मीदवार खड़े करने की पद्धति के कारण बुरी तरह सीमित हो जाता है, क्योंकि काम चलाने के लिए मतदाताओं को केवल उन्हीं में से किसी को चुनना पड़ता है। इस प्रकार, यह सीमित निर्वाचनाधिकार अवास्तविक हो जाता है, क्योंकि

मतदाताओं के समक्ष जो मुद्दे रखे जाते हैं, वे बहुत अधिक तो उनकी समझ के बाहर के होते हैं।

जनता की राजनीति—गांधीजी ने जिस राजनीति में भाग लिया, वह कैसी राजनीति थी! उन्होंने जो आंदोलन चलाया, वह इसी अर्थ में राजनीतिक था कि उसका लक्ष्य भारत की राष्ट्रीय स्वाधीनता था, लेकिन वह किसी दल विशेष के लिए सत्ता का आंदोलन हो, इस अर्थ में राजनीति नहीं था। भारतीय स्वतंत्रता का आंदोलन एक सर्वोत्तम जन आंदोलन था। वह राजनीति, यानी राज्य की राजनीति नहीं थी, बल्कि लोकनीति, यानी जनता की राजनीति थी। ऐसी जनता की राजनीति के लिए ही गांधीजी ने अपना संपूर्ण जीवन बिताया और आखिर में जनता की यह राजनीति विकसित तथा लोकशक्ति सुदृढ होती रहे, इसके लिए देश के समक्ष योजना भी पेश करते गए।

जनप्रतिनिधि—आज भी हमारे संविधान और लोकतांत्रिक संस्थाओं में तथा उनके तहत चलनेवाली प्रक्रियाओं में जनप्रतिनिधि को अपने निर्वाचन-क्षेत्र के प्रति जवाबदेह बनाए रखने की कोई व्यवस्था नहीं है। इस तरह की व्यवस्था न होने से विशेषकर हमारे जैसे देश में, जिसका समाज अत्यंत पिछड़ा हुआ है और जहाँ एक विकसित लोकतंत्र का बुनियादी ढाँचा बिल्कुल ही नहीं बन पाया

है, जनप्रतिनिधि एकदम मनमानी करने लगते हैं। जनता की इच्छा, आकांक्षा और उसके हितों की पूरी तरह उपेक्षा कर वे जो मन में आता है, करते हैं।

जातिगत भेद—आर्थिक स्थिति सुधरने से दलित और पिछड़े वर्गों की सामाजिक अवस्था भी उन्नत हो सकती है, लेकिन इनका आर्थिक सुधार हो जाने से जातिप्रथा समाप्त हो जाएगी, यह मानना भूल है, क्योंकि आर्थिक दृष्टि से समुन्नत जातिवाले भी परस्पर जातिगत भेद तो मानते ही हैं। जाति-भेद एक ऐसी चीज है, जो किसी कानून से नहीं मिटाई जा सकती है। कानून और पैसे से हरिजनों, आदिवासियों आदि को स्थूल सुविधाएँ तो दी जा सकती हैं, लेकिन समाज में समता का स्थान तभी मिलेगा, जब लोगों का मन बदलेगा और लोग उन्हें अपने ही जैसे मनुष्य मानकर स्वीकार करेंगे।

जातीयता—जातीयता हमारे लिए एक अभिशाप है। जातीयता का जो भाव लोगों के दिलों में बैठा हुआ है, उससे हर क्षेत्र प्रभावित होता है। आज की राजनीति ने हमारी जाति-व्यवस्था को मजबूत किया है। पता नहीं, इस जातीयता में न जाने कौन सी ताकत है। बुद्ध से लेकर या शायद उससे भी पहले से आज तक कितने ही महापुरुषों ने उस पर प्रहार किए हैं, फिर भी उसका जोर आज भी कायम है। अतः अपने देश की परिस्थिति में शायद जातिवाद को मिटाना कुछ मायने में वर्ग को मिटाने से भी अधिक महत्त्वपूर्ण है। आपस में जाति के व्यवहार को पूरी तरह छोड़ना होगा। खानपान के मामलों में भी एकता का आग्रह रखना होगा। विज्ञान, तकनीकी और औद्योगिकीकरण के विकास के

साथ-साथ इस प्रकार की छुआछूत की भावना कम होती जाएगी। गाँव में हम जाते हैं तो अकसर सवर्ण के घरों में ठहरते हैं। इसमें कोई बुराई नहीं है, लेकिन कभी अवर्णों के यहाँ भी ठहरिए, उनके यहाँ भी खाना-पीना कीजिए। जातिप्रथा टूटे, उसके लिए एक महत्त्वपूर्ण कार्यक्रम या महत्त्वपूर्ण साधन अंतरजातीय विवाह हो सकता है। जो कुमार हैं, उन्हें विशेष तौर पर ध्यान रखना है कि अपने अभिभावकों, माता-पिता को समझाएँ, राजी करें। राजी नहीं होते हैं तो उनकी नाराजगी भी उठाकर, उनका सामना करके, दूसरी जातियों में अपना विवाह करें। इसके पीछे हमारी भावना यह है कि ऊँच-नीच पर आधारित जातिप्रथा को खत्म किया जाए।

तानाशाही—तानाशाही में पहली बात तो यह होती है कि मानव की मानवता समाप्त हो जाती है, मानव पशु हो जाता है। उसे यह भी अधिकार नहीं होता तानाशाही में कि वह अपनी बात आजादी के साथ कह सके। पशु और मनुष्य में एक बहुत बड़ा अंतर यह है कि पशु की कोई भाषा नहीं होती, कोई वाणी नहीं होती, जबकि मनुष्य के पास भाषा होती है, वाणी होती है। यह हमारा एक जन्मसिद्ध अधिकार है कि जो भी हम ठीक समझें, बोलें, हिम्मत से कहें और तदनुसार करें, पर तानाशाही में यह अधिकार हमसे छीन लिया जाता है। इस मायने में मनुष्य तानाशाही के अंतर्गत पशु के समान बन जाते हैं।

दमनकारी राजसत्ता—हम जिन अच्छे कार्यों को कर रहे हैं, उन्हें बरदाश्त करने लायक उदारता राज्यसत्ता में है, अपनी आत्मतुष्टि के लिए भी ऐसा भ्रम हम बनाए नहीं रख सकते। उलटे जब राज्य व्यवस्था के नैतिक आधार को चुनौती दी जाएगी, तब यह भयंकर दमनकारी हो जाएगी। यह बात अब तक के अनुभवों से बिल्कुल स्पष्ट हो चुकी है।

दल और गुट—यह स्पष्ट है कि संसदीय लोकतंत्र का अस्तित्व ही दलों पर है। किसी-न-किसी प्रकार के दल तो सब काल में और सब देशों में रहेंगे ही, यहाँ तक कि परिवार में भी दल हो सकते हैं। भारत के प्राचीन गणराज्यों में भी, जो अभिजात वंशात्मक लोकतंत्र थे, दल और गुट दोनों बराबर रहे। जब एक की आवश्यकता होती है तो दल कलह की सृष्टि करते हैं और जब मतभेद घटाने की बात आती है, उन्हें बढ़ाते हैं। दल कई बार अपने हितों को राष्ट्रीय हित से अधिक महत्त्व देते हैं।

दलीय पद्धति—मैंने देखा कि दलीय पद्धति लोगों को डरपोक और नपुंसक बना रही थी। इसने इस तरह से काम नहीं किया कि जनता की शक्ति और अभिक्रम बढ़े या उन्हें स्वराज्य स्थापित करने और अपनी व्यवस्था अपने-आप सँभालने में सहायता मिले। दलों को तो केवल इससे मतलब था कि सत्ता उनके हाथ में आए और वे जनता पर राज कर सकें। मैंने ऐसा अनुभव किया कि दलीय पद्धति लोगों को भेड़ों की स्थिति में ला देना चाहती है, जिनका एकमात्र अधिकार केवल नियमित समय पर गड़ेरियों को चुन लेना है, जो उनके कल्याण की चिंता करेंगे। मुझे इसमें स्वतंत्रता का दर्शन नहीं हुआ; उस स्वतंत्रता या स्वराज्य का, जिसके लिए मैं लड़ा था और इस देश के लोग लड़े थे।

देश का नवनिर्माण—केवल सरकार से सब हो जाएगा और सरकारी योजनाएँ, बजट आदि के द्वारा परिवर्तन आ जाएगा, ऐसा मानकर अभी भी हम चलेंगे तो फिर हम भटक जाएँगे। पूरी जनता की शक्ति देश के नवनिर्माण के कार्य में लगे, इस दिशा में हमें सतत प्रयास करने होंगे। स्त्री-पुरुष, बच्चे-बूढ़े, छात्र-शिक्षक, सैनिक-स्वयंसेवक सभी को इसमें शामिल होना चाहिए। लोगों

का अपना अभिक्रम जाग्रत् हो, इसे सर्वाधिक महत्त्वपूर्ण मानना चाहिए। लोगों को प्रोत्साहित करना चाहिए। स्वाश्रय और आपसी सहयोग की रणभेरी देश में गूँजनी चाहिए। इसके अलावा अन्य किसी तरह से देश का नवनिर्माण शक्य नहीं हो सकेगा।

धर्म—धर्म को हम तर्कहीन नियमों का संग्रह भी नहीं कह सकते हैं। यह वस्तुतः वह जीवित भावना है, जो समाज के साथ बढ़ती और विकसित होती रहती है। धर्म का कार्य है, समाज की व्यवस्था को निश्चित विधान में बाँधे रखना और व्यक्ति का मार्गदर्शन करना, जिसमें वह अपनी योग्यता और क्षमता पहचान सके। प्राचीन भारतीय समाज की धर्मविषयक भावना बड़ी प्रबल थी। धर्म हर क्षेत्र और दिशा में व्यक्ति और समाज के जीवन का नियमन और नियंत्रण करता था। धर्म राजाओं के भी सिर पर था। राजा भी उसका प्रभुत्व स्वीकार करते थे। धर्म भावना की इस प्रधानता और प्रमुखता का ही यह परिणाम था कि राजाओं को सिंहासनारूढ़ कराने के पहले तीन-तीन बार धर्मदंड से स्पर्श कराया जाता था। यह धर्म ही राजाओं को कर्तव्यपरायण जीवन व्यतीत करने के लिए बाध्य करता था। धर्म की प्राचीन भावना पुनर्जीवित करनी होगी और लोकतंत्र के लिए उपयुक्त धर्म का विकास करना होगा तथा पहले की ही भाँति यह कार्य न तो विधान निर्माण की किसी प्रक्रिया से और न काशी के पंडितों की व्यवस्था से होगा। यह कार्य सुव्यवस्थित ढंग से ही हो सकता है।

निहित स्वार्थ—आज के समाज को हम चाहे जिधर से देखें, हर जगह निहित स्वार्थों का जाल दिखाई देता है। सारी राजनीतिक, आर्थिक और सामाजिक व्यवस्था ऐसी बन गई है कि चारों ओर उन्हीं का बोलबाला है। भूमि सुधार के मामूली कानून भी लागू नहीं किए जा सकते, क्योंकि वे निहित स्वार्थों के प्रतिकूल दिखाई पड़ते हैं। बड़े-बड़े जमींदारों ने फर्जी और बेनामी हस्तांतरण करके हदबंदी कानून को एक मजाक की चीज बना दिया है। कोर्ट-कचहरी इन मामलों में कुछ नहीं कर पाते, लेकिन गाँव में तो एक-एक आदमी इन बड़े लोगों की चालबाजी को जानता है। अतः कार्यकर्ताओं को गाँव-गाँव में जाकर इन प्रपंचों का पर्दाफाश करना होगा, निहित स्वार्थों के जाल को तोड़ना होगा।

नींव के पत्थर—प्रत्येक बालिग भारतीय को वोट देने का अधिकार होने मात्र से पिरामिड अपने चौड़े आधार पर खड़ा नहीं हो जाता। करोड़ों व्यक्ति

और अस्त-व्यस्त मतदाता बालू कणों के ढेर के समान हैं, जो किसी इमारत की बुनियाद नहीं हो सकते। इन कणों को ईंट बनाना होगा अथवा उन्हें ठोस ढाँचे में ढालना होगा। तभी वे नींव के पत्थर बन सकेंगे।

नैतिकता—यदि मनुष्य में नैतिकता का भाव हो और समाज को इस भाव का आधार ग्राह्य हो तो स्वयं सैनिक विधान एवं सामाजिक नीति की प्रवृत्ति ही ऐसी है कि उनके प्रचलित होने का भरोसा किया जा सकता है।

पंचायत—मैं ऐसी पंचायतों की कल्पना करता हूँ, जो राजस्व, कार्यवाहक और न्यायिक सत्ता का प्रयोग करेंगी। इनमें से प्रथम के विषय में मेरा सुझाव है कि अनेकानेक भूमि-स्वत्व संबंधी एवं कृषि-विषयक समस्याओं का सरलीकरण हो और एक ऐसी कृषि-व्यवस्था की नींव डाली जाए, जिसमें प्राचीन और अति प्राचीन दोनों पद्धतियों की उत्तमताओं का समन्वय हो सके। आर्थिक क्षेत्र में पंचायत को सहकारिता, ऋण-व्यवस्था तथा हस्तशिल्प संबंधी उद्योगों की भी देखभाल करनी होगी। कार्यवाहक कृत्यों के निर्वहन के लिए पंचायतों के पास कुछ आरक्षी शक्तियाँ होनी चाहिए और कुछ अभिलेखादि रखने का दायित्व उन पर होना चाहिए। न्यायिक क्षेत्र में पंचायतों को दीवानी और फौजदारी मुकदमों की जाँच करने का अधिकार दिया जाना चाहिए। भूमि संबंधी जैसे कुछ विवादों में पंचायत का निर्णय अंतिम होना चाहिए।

परिवर्तन—लोकतंत्र में तंत्र ही दानवाकार दिखाई देने लगा है और लोक कहीं लुप्त हो गया। अत: आज हम देखते हैं कि देश की आजादी के इतने वर्ष बीत गए, लेकिन हमारे समाज के आर्थिक, सामाजिक एवं राजनीतिक ढाँचे में कोई वास्तविक परिवर्तन नहीं हुआ। आजादी के बाद इतने वर्षों में भी समाज का ढाँचा किस प्रकार अपरिवर्तित होकर रह गया है; रस्म-रिवाज, तौर-तरीके, विश्वास-अंधविश्वास, सब आम लोगों के लिए वही रह गए हैं; उच्च वर्गों के लिए भी अधिकांशत: सतही परिवर्तन हुए हैं। अगर ऊपर के लोगों के मन परिवर्तन पर ही निर्भर रहेंगे तो बहुत दिन लगेंगे। नीचे दबे लोगों को उठने की आवश्यकता है। दलित-शोषित आगे आएँगे और अपनी ताकत को प्रकट करेंगे तो ऊपरवाले भी परिवर्तन के लिए तैयार रहेंगे। हम नया समाज बनाना चाहते हैं, इसीलिए हम सरकार और समाज, शिक्षा, चुनाव, बाजार और विकास की

योजना, हर चीज में परिवर्तन चाहते हैं। बेकारी, महँगाई आदि समस्याओं का समाधान भी तब तक नहीं हो सकेगा, जब तक कि आर्थिक विकास और योजनाओं की दिशा में क्रांतिकारी परिवर्तन न हो।

परिवार—मानव की सामाजिक प्रकृति की प्रथम सृष्टि परिवार था। मानव-समाज के भव्य भवन का प्रवेश द्वार परिवार है। परिवार में ही मनुष्य जन्म लेता है और बाल्यावस्था तथा जवानी के दिन बिताता है। परिवार की देख-रेख और पालन-पोषण के बिना व्यक्ति जीवित नहीं रह सकता। मानव बनने की बात तो छोड़िए, वय: प्राप्तिकाल में भी परिवार उसके साथ रहता है। उस समय परिवार में ही रहकर वह उसकी रक्षा और सुख के लिए प्रयत्नशील रहता है और सभी प्रकार के कार्य करता है। परिवार की रक्षा के लिए तो वह तत्पर रहता ही है, साथ ही उसकी प्रतिष्ठा के लिए अपनी जान देने के लिए भी तैयार रहता है। परिवार में ही वह सहयोग, पारस्परिक समन्वय और आत्मत्याग के गुण सीखता है। यहीं उसके चरित्र का निर्माण होता है और वह उस सुविस्तृत समाज की सांस्कृतिक परंपराएँ अपनाता है, जिसकी एक इकाई उसका परिवार होता है। समाज की विवेकसम्मत व्यवस्था ऐसी होनी चाहिए कि उसमें परिवार का अखंड रूप ही न बना रहे, बल्कि उसकी वास्तविक क्रियाशीलता के लिए पूरा अवसर भी प्राप्त हो सके। इसके भी आगे बढ़कर यह कहा जा सकता है कि प्रबुद्ध और समाज के जीवन में उन गुणों और प्रवृत्तियों का समावेश आवश्यक है, जिनसे परिवार का अनुशासन कायम होता है। अकेला एक परिवार सामाजिक इकाई के रूप में बहुत छोटा पड़ता है, इसलिए बहुत सारे परिवार मिलकर सहयोगपूर्वक इस बात की व्यवस्था करते हैं कि प्रत्येक परिवार रहे और फले-फूले।

प्रगति—किसी को इस बात की स्पष्ट कल्पना नहीं है कि विज्ञान एवं प्रौद्योगिकी के इस युग में और भारत की वर्तमान परिस्थिति में विकेंद्रित अर्थव्यवस्था को कैसे विकसित किया जाए। केवल खादी एवं ग्रामोद्योग की रट लगाने से हम बहुत अधिक प्रगति नहीं कर सकते हैं।

भारतीय लोकतंत्र—हमारे भारत देश में ऐसा कभी नहीं हुआ था कि लोगों की जुबान पर ताला लगा हो, दिमाग पर ताला लगा हो। यहाँ तो स्वतंत्र चिंतन के लिए पूरा-पूरा अवसर रहा है। कोई नास्तिक हुआ, कोई आस्तिक हुआ। अनेक प्रकार के संत-संप्रदाय बने तथा दूसरे अनेक प्रकार के संप्रदाय

बने। विचार-स्वातंत्र्य भारतीय संस्कृति की सबसे बड़ी देन है। उसके लिए लोकतांत्रिक स्वशासन-प्रणाली ही अनुकूल है। अतः उसे सँभालना है। यह लोकतंत्र सच्चे अर्थों में जनता का राज बने, इस दिशा में आगे बढ़ना है। हमारा यह भारतीय लोकतंत्र सफलतापूर्वक काम करता रहे, इसके लिए मात्र करोड़ों भारतीय ही नहीं, बल्कि दुनिया के अन्य बहुत सारे दूसरे लोग भी हमसे बड़ी-बड़ी आशाएँ-अपेक्षाएँ सँजोए बैठे हैं।

भावना की स्वतंत्रता—भावना स्वतंत्र न हो तो विचारों में स्वतंत्रता कहाँ आ सकती है और भावना की यह स्वतंत्रता तब तक संभव नहीं, जब तक कि मनुष्य जीवन-व्यवहारों में, आर्थिक और सामाजिक संबंधों में स्वतंत्रता की स्थिति का अनुभव न करे।

भावना—जब तक किसी भी काम को करते हुए मानवीय मूल्यों की कोई प्रेरणा सामने नहीं होगी, कुछ फर्क नहीं पड़ेगा। हम केवल अपने ही लिए काम नहीं कर रहे हैं, बल्कि इसमें हमारे आसपास के लोग, समाज, देश आदि भी हमसे जुड़े हुए हैं, ऐसी भावना तक हर आदमी को उठाना पड़ेगा। वह किसी भी हैसियत से काम कर रहा हो, एक नागरिक, व्यापारी, शिक्षक, डॉक्टर या वकील हो, किसी उद्योग का मालिक, मैनेजर या मजदूर हो, वह समाज के प्रति अपने क्या कर्तव्य हैं, उन्हें समझकर अपने कार्य को ईमानदारी के साथ पूरा करे। हर आदमी अपनी बुद्धि, धन और श्रम का मालिक नहीं, बल्कि ट्रस्टी है, यह भावना जाग्रत् हो।

भूदान-ग्रामदान आंदोलन—क्रांतिदृष्टा विनोबा ने अहिंसक क्रांति के प्रेरक तत्त्वों के गर्भ से भूदान-ग्रामदान आंदोलन को जन्म दिया। इस आंदोलन ने भूमि की मिल्कियत के मामले में एक नैतिक शक्ति के दबाव का तत्त्व दाखिल किया कि भूमि निर्बंध मिल्कियत या अधिकार की खोज नहीं, बल्कि समाज का हित सधे, इस शर्त के अंतर्गत यह इस्तेमाल करने का एक साधन मात्र है। भूदान-ग्रामदान के इस आंदोलन में आम जनता इतने बड़े पैमाने पर क्रांति की प्रक्रिया में शामिल हो सकी। यह दुनिया की क्रांतियों के इतिहास का एक बेजोड़ उदाहरण है।

भूमि-स्वामित्व—हमारा एक बुनियादी कानून ऐसा होना चाहिए, जिसके द्वारा भूमि का स्वामित्व राज्य में निहित हो जाए। सबसे बड़े भूमिपति के रूप में

राज्य कुल उपलब्ध भूमि, गाँव के आकार तथा उसकी आवश्यकता एवं भूमि की विशेषता को ध्यान में रखते हुए हर गाँव के साथ उतनी भूमि का बंदोबस्त करे और तदनुसार उसका राजस्व निर्धारित करे।

भेदभाव—मनुष्य-मनुष्य का भेद मिटाना होगा, जाति-पाँति और छुआछूत सभी समाप्त करने होंगे। बिहार आंदोलन के समय मैं कहता था कि जनेऊ यदि उच्च जाति का प्रतीक माना जाता है तो जनेऊ भी तोड़ना होगा। हिंदुस्तान में अधिकतर वे लोग बसते हैं, जिन्हें जनेऊ पहनने का अधिकार नहीं है।

भौतिक आवश्यकताएँ—भौतिक आवश्यकताएँ, जिनकी पूर्ति होनी ही चाहिए, ये हैं—भोजन, वस्त्र, घर आदि। भोजन पर्याप्त हो, साथ ही सादा, पौष्टिक और सुस्वादु भी हो, लेकिन उसमें अतिरेक न हो। वस्त्र न केवल उपयोगी हों, बल्कि वे नयनाभिराम और कोमल भी हों। सभी ऋतुओं के लिए पर्याप्त हों, लेकिन आवश्यकता से अधिक नहीं चाहिए।

भौतिकवादी अर्थशास्त्र—आज हम जिसे अर्थशास्त्र का सिद्धांत कहते हैं, उसका आधार जीवन का एक पहलू है और वह है भौतिकवादी पहलू। विज्ञान अथवा सिद्धांत के रूप में अर्थशास्त्र का विकास केवल पश्चिम में हुआ और वह भी तब, जब कि पाश्चात्य भौतिकवाद का संसार पर प्राधान्य हो चुका था। भौतिकवाद के विरोधी विचारक इतने दबे से रहे कि वे अपनी दृष्टि से इस पर विचार न कर सके। भौतिकवाद का तत्त्व भौतिक आवश्यकताओं की पूर्ति का प्रयास नहीं, बल्कि अविवेकपूर्ण ढंग से भौतिक पदार्थों का असीम उत्पादन है। चाहे कम्युनिस्ट देशों में हो या अन्यत्र, जो अर्थशास्त्र आज दुनिया भर में पढ़ाया जाता है, वह किसी भी प्रकार की सीमा का बंधन नहीं मानता। अतः यह भौतिकवादी अर्थशास्त्र के अलावा और कुछ नहीं है।

भौतिकवादी युग—आज का युग मुख्य रूप से भौतिकवादी है। समाज विशेष चाहे पूँजीवादी हो, समाजवादी हो या कम्युनिस्ट हो, यह निर्विवाद है कि जीवन के सभी तत्त्वों पर भौतिकवाद छा गया है। मनुष्य प्रकृत्या पदार्थ और भावना का सम्मिश्रित रूप है। अतः उसकी पदार्थगत, अर्थात् भौतिक आवश्यकताएँ भी होती हैं, जिनकी पूर्ति आवश्यक है। इस दृष्टि से प्रत्येक मनुष्य का भौतिकवादी होना अनिवार्य है, लेकिन यदि उसकी भौतिकवादी आवश्यकताएँ सीमा का बंधन तोड़ दें तथा उसकी सारी क्रियाशीलता अधिकाधिक भौतिकवादी आवश्यकताओं

की पूर्ति के लिए ही हो तो समाज में वैषम्य की स्थिति तो आ ही जाती है, स्वयं मानव जीवन में भौतिकवाद के अतिरिक्त और कुछ नहीं रह जाता।

भ्रष्टाचार—भ्रष्टाचार के विषय में भी मैं शुरू से ही सबका ध्यान खींचता रहा। वैसे तो राजनीति में, व्यापार में भी भ्रष्टाचार व्याप्त है, पर हमारे जैसे अविकसित और पिछड़े हुए देश में शासन का और राजनीति का प्रभाव सभी क्षेत्रों पर बहुत गहरा होता है। वहाँ अगर भ्रष्टाचार हो तो उसका असर सारे समाज पर पड़ता है। अत: पार्टियों में, दलों में, सरकार और उसके प्रशासन-तंत्र में व्याप्त भ्रष्टाचार के खिलाफ कड़े शब्दों में लेख लिखकर और वक्तव्य देकर मैं अपना रोष तथा असंतोष व्यक्त करता रहा। भ्रष्टाचार पर अंकुश लगाने के उपाय सुझाता रहा और चुनाव-कानून तथा चुनाव पद्धति में परिवर्तन करने की आवश्यकता के बारे में भी लोगों को समझाता रहा। मैं इस नतीजे पर आया कि अब तो जनता को ही कुछ करना चाहिए और कोई दूसरा रास्ता नहीं। तब मैंने एक लेख लिखा, जिसमें यह घोषणा की कि इस भ्रष्ट व्यवस्था की यातना से पीड़ित जनता को इससे मुक्ति की लड़ाई स्वयं ही लड़नी होगी। हाँ, निश्चय ही वह लड़ाई शांतिमय तरीकों से लड़नी होगी। भ्रष्टाचार के अलावा भुखमरी, बेकारी, मुद्रास्फीति और ऐसे सब प्रकार के सामाजिक-आर्थिक न्याय व शोषण के खिलाफ लड़ने के लिए भी जनता को तैयार होना पड़ेगा।

मनुष्य—मनुष्य द्रव्य और आत्मा दोनों है। उसके जीवन की भौतिक और आध्यात्मिक दोनों तरह की आवश्यकताएँ पूरी होनी चाहिए। मनुष्य सामाजिक प्राणी है, इसीलिए उसकी प्रकृति भी सामाजिक है। समाज में ही वह पैदा होता, बढ़ता और मरता है। प्रकृत्य वह सामाजिक जीवन की, अर्थात् दूसरे मनुष्यों के साथ रहने की कामना करता है। कोई मनुष्य एकाकी जीवन नहीं व्यतीत कर सकता और यदि वह ऐसा करता है तो मानव की दृष्टि से उसका कोई महत्त्व नहीं रह जाता। ऐसी हालत में उसे संयोगवश प्रकृति की लीला से उत्पन्न मानव भले ही कह लिया जाए, लेकिन वह मानव-समाज की सीमा के अंतर्गत नहीं आता, वह मनुष्य नहीं है। मनुष्य जाति की उत्पत्ति और विकास का इतिहास बतानेवाले लोग कहा करते हैं कि मनुष्य का आदिरूप बंदर था। धीरे-धीरे वह इस रूप में आया है। इसी प्रकार, उसकी प्रकृति का भी विकास हुआ है। आज भी यदि कोई मनुष्य उस पुरातन प्रकृति का परिचय देता है तो उसे भेड़िया (नर),

बंदर या इसी प्रकार की कोई चीज कहा जाएगा। यदि आज मनुष्य यह निश्चय कर लेता है कि भेड़ की भाँति नगरों में ठूँसे जाने की बजाय छोटे समुदाय में रहना श्रेयस्कर है, यंत्र बनने के बजाय चेतन मानव बनना कहीं अच्छा है, बालू के ढेर का कण बनने के बजाय समुदाय का सदस्य बनना आवश्यक है तो कोई कारण नहीं कि विज्ञानवेत्ता उपयुक्त ढंग से विज्ञान और प्रविधि का विकास न करे। लोकतांत्रिक समाज में ही मनुष्य 'यंत्र-मानव' बनने से बच सकता है, जबकि आधुनिक व्यवस्था ने उसकी यह स्थिति बनाने में कोई कसर नहीं छोड़ी है। ऐसे ही समाज में उसे स्वाधीनता और वैयक्तिक महत्त्व के दर्शन हो सकेंगे, क्योंकि वह समुदाय का सदस्य बन जाता है।

मानव-जाति-विकास—यह निर्विवाद है कि जीवन को अखंड मानकर सभी क्षेत्रों में एक कदम भी दृढतापूर्वक आगे बढ़ाना मानव-जाति के विकास के लिए कहीं अधिक श्रेयस्कर और प्रभावकारी है, बजाय इसके कि एक ही अलग क्षेत्र में सैकड़ों कदम एक साथ उठाने की बात की जाए और उठाकर चाहे थोड़े समय के लिए रख भी लिये जाएँ। एक ही क्षेत्र में बढ़ने के हजारों वर्षों के विफल प्रयासों से अब तो मानव-जाति को शिक्षा लेनी ही चाहिए।

मानववाद—अपने आपको समाजवादी कहलानेवाले सभी समाजों और साम्यवादी समाज में भी मूल्य चुकाने की पद्धति न्यूनाधिक वही है, जो पूँजीवाद में, यानी काम के अनुरूप ही मजदूरी और कुछ विशिष्ट प्रकार के कार्यों का अन्य कार्यों से अधिक मूल्य। गांधीजी के मानववाद से इसका मेल नहीं बैठता। वे चाहते थे कि काम करनेवाले व्यक्ति को एक व्यापारिक वस्तु के रूप में न देखा जाए, बल्कि इसके विपरीत उसे मानव समझा जाए, जिसकी शारीरिक और मानसिक आवश्यकताएँ वही हैं, जो पार्टी के नेताओं, अफसरों, व्यवस्थापकों, वैज्ञानिकों और कलाकारों आदि की हैं।

राजनीतिक दल—राजनीतिक दल अपने ऊपर एक आत्मनिरोधमूलक अनुज्ञा लागू करें और स्थानीय अधिकारियों के मामलों से अपने आपको अलग रखें। राजनीतिक दलों के सदस्य अवश्य ही उसमें भाग ले सकते हैं, लेकिन केवल व्यक्तिगत हैसियत से। राजनीतिक दल अनिवार्यतः केंद्रित संगठन हैं और वे शिखरस्थ समितियों से नियंत्रित एवं संचालित होते हैं। यह आवश्यक है कि राजनीतिक दल जनता के हित में, जिसकी सेवा करने का दम वे भरते हैं,

एक आत्म-निरोधकारी अनुशासन स्वीकार कर लोकतंत्र के बुनियादी संगठनों को नियंत्रित करने के उद्देश्य से दलीय उम्मीदवार खड़े करना या निर्वासित प्रतिनिधियों को दल का सदस्य बनाने के लिए उन पर दबाव डालना छोड़ दें। देश के राजनीतिक दलों को ऐसा प्रतीत हो सकता है कि यदि गाँव में संघर्ष नहीं होता है तो उनके लिए वहाँ कोई काम नहीं रह जाएगा। इसके विपरीत, उनके लिए वहाँ बहुत ही रचनात्मक काम करने को रहेंगे। अगर वे इस विचार को मान लेते हैं कि गाँव के सर्वोत्तम हित-साधन के लिए निर्विरोध चुनाव ही श्रेयस्कर है तो वही उनके लिए एक चुनौती बन जाएगा।

राज्य—अगर राज्य को प्रभावशाली ढंग से नए दायित्व निभाने हैं तो संपूर्ण राजकीय मशीनरी को खोल-बाँधकर दुरुस्त करना होगा। आज कृषि-संबंधी कार्यों की देखभाल विभिन्न सरकारी विभाग, भिन्न-भिन्न मंत्रालयों के अधीन करते हैं। अगर राज्यों को लोकतांत्रिक ढंग से कार्य करना है तो यह बहुत ही आवश्यक है कि यथासंभव अधिक-से-अधिक किसानों को प्रशासनिक यंत्र के साथ संबद्ध किया जाए। इसके लिए चौखंभा राज्य के आधार पर कृषि प्रशासन का पुनर्संगठन आवश्यक होगा। इस सिद्धांत के पीछे कल्पना यह है कि राज्य की सर्वसाधारण प्रजा का संगठन इस प्रकार हो और उसकी प्रभुसत्ता का विस्तार इस तरह किया जाए कि हर छोटा समुदाय अपनी पसंद की जिंदगी जी सके।

लोकतंत्र की बुनियाद—यह स्पष्ट है कि यदि अपने लोकतंत्र को सुदृढ और टिकाऊ बनाना है तो उसके आधार को व्यापक रूप देना ही होगा और उसकी ऊपर-ऊपर की परतों का निर्माण बुनियादी रचना के अनुरूप करना होगा। यदि बुनियाद मजबूत होगी तो किसी दुस्साहसी के स्पर्श से लोकतंत्र की संपूर्ण इमारत के गिरने का खतरा कम रहेगा।

लोकतंत्र—हमारा लोकतंत्र एक बहुत ही संकीर्ण आधार पर टिका हुआ है। वह सिर के बल उलटे पिरामिड की तरह खड़ा है। स्पष्टतः हमारा काम लोकतंत्र की इस तसवीर को दुरुस्त करना है और पिरामिड को उलटकर उसके आधार पर खड़ा करना है। हम लोकतांत्रिक बुद्धिवादियों को लोकतंत्र के अमूर्त गुणों से उतनी प्रेरणा या उत्साह नहीं मिलता है, बल्कि कल्याण-कार्यों के रूप में लोकतंत्र के ठोस परिणामों और लोकतांत्रिक क्रियाकलाप में, उनका जो

प्रत्यक्ष आधार या उनकी भूमिका होती है, उस पर ही किसी देश में लोकतंत्र की संस्थाओं एवं प्रक्रियाओं के प्रति आम लोगों का रुख निर्भर करता है। यह ठीक है कि हमारे लोकतंत्र के टूटने का आसन्न खतरा नहीं है, लेकिन हमें यह कभी नहीं भूलना चाहिए कि इसमें वे ही सब दोष हैं, जिनके कारण लोकतंत्र दूसरे देशों में समाप्त हो गया है। लोकतंत्र की सफलता के लिए यह आवश्यक है कि जनता को दायित्व उठाने के लिए तैयार किया जाए और उसे उसके लिए पूर्ण अवसर भी प्रदान किया जाए।

लोकतांत्रिक समाजवादी—यह संतोष की बात है कि भारत लोकतांत्रिक समाजवादी ढाँचे का समाज बनाने के लिए प्रतिबद्ध है। यद्यपि किसी को स्पष्ट कल्पना नहीं है कि वह ढाँचा किस प्रकार का होना चाहिए, फिर भी यह प्रसन्नता की बात है कि देश लोकतंत्र और समाजवादी जीवन-मूल्यों की स्थापना के लिए प्रतिबद्ध है।

वर्ग और जाति—हमारे गाँवों में आज वर्ग और जाति लगभग मिली-जुली हैं। जो उच्च जाति के हैं, उनमें ही अधिक उच्च वर्ग के लोग पाए जाते हैं। यह पाया गया है कि उच्च वर्ग और वर्ण के लोगों को समझा-बुझाकर उन्हें जो विशेष सुविधाएँ मिली हैं, छुड़ाना और विभिन्न जातियों के बीच एकता का वातावरण बनाना काफी मुश्किल काम है। जो नीचे दबे हैं, वे जब तक अपनी ताकत को प्रतिपादित नहीं करते हैं, जब तक उनमें आत्मसम्मान की भावना पैदा नहीं होती, तब तक ऊपरवालों में परिवर्तन लाना कठिन है। वैसे यह ठीक है कि कुछ ऊँची जातिवाले भी गरीब हैं, लेकिन जब हम गाँवों में जाते हैं और देखते हैं कि राजपूत वगैरह आते हैं तो वे अपने-आप ही तख्त पर बैठ जाते हैं और अहीर वगैरह नीचे तथा हरिजन सबसे पीछे बैठते हैं।

वर्ग व्यवस्था—जब तक नीचे के वर्गों में आत्मसम्मान पैदा नहीं होगा, उनके आत्मविश्वास का दबाव नहीं होगा, तब तक ऊपर के वर्गों को अपने आप बदलना मुमकिन नहीं लगता है।

वर्ग-संघर्ष—मैं कहता हूँ कि वर्ग-संघर्ष में हिंसा होगी ही, यह बात हमें अपने दिमाग से निकाल देनी चाहिए। मुख्य बात है, नेतृत्व की योग्यता और संगठन पर उसके असर की। अगर वह ठीक रहे तो मेरी कल्पना का वर्ग-संघर्ष व्यापक सत्याग्रह का रूप ले लेगा। वर्ग-संघर्ष की मार्क्सवादी कल्पना हमारे

काम नहीं आएगी। वर्ग-संघर्ष की उस कल्पना के पीछे काफी शक्ति लगी है। साम्यवादियों और समाजवादियों ने जैसे वर्ग-संघर्ष संगठित करने के योजनाबद्ध प्रयास किए, फिर भी उन्हें बड़ी सफलता नहीं मिली, ऐसा नहीं कह सकते। थोड़ा-बहुत परिणाम हुआ। वास्तव में, मार्क्स ने जो कहा था, वह औद्योगिक समाज पर लागू होता है। भारत के कृषि-समाज में वैसा वर्गीकरण ठीक नहीं है। शायद, वैसा वर्गीकरण होगा भी नहीं। छोटे किसान हैं, मजदूर हैं। उनका स्वार्थ, उनका जीवन जुड़ा है उस खेत से, जिसका मालिक बड़ा भूमिवान है। कैसे मार्क्स का वर्ग-संघर्ष हो सकता है ? अतः मैं कहता हूँ कि भारत में मार्क्सवादी वर्ग-संघर्ष अपर्याप्त है। मैं इस निष्कर्ष पर पहुँचा हूँ कि वर्ग-संघर्ष नहीं बचाया जा सकता है। वह एक तरह से अनिवार्य है।

विकेंद्रित अर्थव्यवस्था—विकेंद्रित अर्थव्यवस्था का लक्ष्य होना चाहिए कि स्थानीय एवं क्षेत्रीय साधनों के पूर्ण उपयोग का संबंध स्थानीय एवं क्षेत्रीय आवश्यकताओं की पूर्ति से जुड़े। विकेंद्रित उद्योग एवं व्यापार के संगठन का ढाँचा स्पष्टतः केंद्रित क्षेत्र के ढाँचे से, चाहे वह निजी हो या सार्वजनिक, उनसे भिन्न भी होना चाहिए। विकेंद्रित ढाँचा अधिकांशतः मालिक-मजदूर का या सहकारी किस्म का होगा। इस प्रकार, यह क्षेत्र न तो नौकरशाही-प्रधान और न ही शोषण-प्रधान होगा। केंद्रित क्षेत्र की अपेक्षा चाहे वह सार्वजनिक हो या निजी, अधिक समतामूलक भी होगा। भारत जैसे देश में, जहाँ इस प्रकार की गरीबी है कि न्यूनतम आवश्यकता की वस्तुएँ भी बहुत कम हैं और बेकारी एवं अर्धबेकारी की समस्याएँ इस प्रकार से जकड़ गई हैं तथा इस विशाल रूप में हैं कि यदि जनता का कल्याण करना आर्थिक विकास का लक्ष्य है तो केंद्रित नहीं, विकेंद्रित अर्थव्यवस्था तत्काल स्थापित की जानी चाहिए।

विचारधारा—कोई भी विचारधारा या व्यवस्था तब तक सफल नहीं हो सकती या राज्य पद्धति के स्वरूप विकास में सहायक नहीं हो सकती, जब तक कि उसकी भित्ति देश विशेष की परिस्थितियों, परंपराओं और मान्यताओं पर न खड़ी हो।

विज्ञान—यदि विज्ञान से मानव का जीवन सुखी नहीं होता और मानवीय गुणों का उत्कर्ष नहीं होता तो यह विज्ञान नहीं, मिथ्या विज्ञान है। जिस विज्ञान के चलते मानव-समाज विशृंखल हुआ है, मानवप्राणी को अपने साथियों और

सहधर्मियों से पृथक् हो जाना पड़ा है, आर्थिक एवं राजनीतिक दैत्यों की सृष्टि हुई है और मानव को उनका गुलाम होना पड़ा है, मानव का यांत्रिकीकरण हो गया है, उसे अवश्य ही मिथ्या विज्ञान करार देकर ठुकरा देना चाहिए तथा उसके स्थान पर नए विज्ञान एवं प्रविधि का शोध किया जाना चाहिए, जो जीवन की उत्तम विधि के विकास में योगदान कर सके। विज्ञान का उद्‌देश्य लाभ और शक्ति-संचयन न होकर सुख और शांति होना चाहिए। उस स्थिति की जरा कल्पना कीजिए, जबकि आविष्कारकर्ताओं और इंजीनियरों का यह मान्य उद्‌देश्य हो जाए कि वे व्यावहारिक विज्ञान का उपयोग सामान्य जनता के लिए ऐसे साधन जुटाने के उद्‌देश्य से करेंगे कि वे लाभकर एवं वास्तविक महत्त्व के कार्य कर सकें तथा विज्ञानवेत्ता सामान्य नर-नारी को अधिपतियों के चंगुल से छुड़ाने में मदद कर सकेंगे, ताकि वे अपने श्रम और रोजी के मालिक बन सकें अथवा जीवन निर्वाह के लिए सक्रिय स्वाधिकार प्राप्त सहकारी यूथ के सदस्य बन सकें।

व्यक्ति और समाज—व्यक्ति और समाज का संबंध ईंट और मकान का नहीं है। जीवित कोशिका और जीवित शरीर के बीच जो संबंध होता है, वही संबंध व्यक्ति और समाज के बीच होता है। अन्य मनुष्यों के साथ किसी मनुष्य का संबंध एकावयविक होता है। संबंधों की इस परिपूर्णता से ही समाज बनता है और पृथक् समूह मात्र समाज नहीं है। परिवार के बाद मनुष्य के लिए स्वाभाविक रूप से जो सामाजिक वातावरण निकटतम जान पड़ता है, वह है स्थानीय समाज। आधुनिक पाश्चात्य लोकतंत्र में मनुष्य की सामाजिक प्रकृति और मानव समाज की वास्तविक प्रकृति की पूर्ण रूप से उपेक्षा हुई है। यह लोकतंत्र समाज के ऐसे रूप की कल्पना करता है, जो पृथक्-पृथक् व्यक्तियों का समूह मात्र है। आधुनिक उद्योगवाद और तजन्य अर्थवाद की भावना ने प्रत्येक मानवीय गुण को आँकने के लिए हानि-लाभ एवं तथाकथित आर्थिक विकास के जिस भाव की सृष्टि की है, उसके ही चलते मानव-समाज विघटित हुआ है। स्थानीय अथवा प्रारंभिक समुदाय मनुष्य की सामाजिक प्रकृति की सृष्टि है और यही ऐसी इकाई है, जिस पर समाज का ढाँचा खड़ा किया जाना चाहिए।

शांति की खोज—आज दुनिया ऐसी जगह जा पहुँची है कि उसे आगे का रास्ता ठीक से दिखाई नहीं दे रहा है। पिछले कुछ वर्षों में उसके सामने नए-नए

विचार आए, नए-नए रास्ते दिखाई दिए, उन सबका अनुभव उसे प्राप्त हुआ। कल्याणकारी राज्य भी बना, समाजवादी राज्य की स्थापना हुई और साम्यवाद की भी। ये सब आज की दुनिया के नए-नए नारे और नई-नई विचारधाराएँ हैं, जिन्होंने लाखों-करोड़ों को आकर्षित किया था और उन्हीं नारों के मातहत बड़ी-बड़ी क्रांतियाँ हुईं, पर मानव समाज को, पश्चिम के देशों को; उन सबका जो अनुभव प्राप्त हुआ, उससे उन्हें भविष्य के लिए उत्साह नहीं मालूम हो रहा है। वे समझते हैं कि उन सबसे समाज की जो समस्याएँ हैं, उनका समाधान नहीं हुआ है, शांति का मार्ग नहीं मिला है। आज दुनिया उसकी खोज कर रही है।

शारीरिक एवं मानसिक श्रम—शरीर श्रम प्रधान तथा मानसिक श्रम प्रधान, इन दोनों प्रकार के लोगों के बीच समाज का कृत्रिम एवं कठोर विभाजन, जिसमें मानसिक श्रम करनेवाले साधारणत: अधिक ऊँचा स्थान ग्रहण करते हैं; होता जा रहा है। मानवशास्त्रवेत्ताओं के अनुसार कष्ट से और इसलिए शारीरिक श्रम से बचना मनुष्य के लिए स्वाभाविक है, लेकिन इससे यह भी ठीक-ठीक पता चल जाता है कि श्रमिक-उत्थान की समस्या की जड़ में क्या है। समस्या यह है कि शारीरिक श्रम में निहित मनुष्य को शारीरिक तथा आध्यात्मिक दृष्टि से क्षीण करनेवाली ऊब और नीरसता का निरसन कैसे हो? दूसरे श्रम का कार्य से जो संबंध है, उसे इस तरह विकसित और परिवर्तित कर देना है कि श्रमिक के लिए कार्य सोद्‌देश्य एवं रुचिकर बन जाए।

शिक्षा—शिक्षा ऐसी हो, जो जीवनोपयोगी हो। जिस शिक्षा को प्राप्त करके अपने पैरों पर खड़े हो सकें, कुछ कर सकें। शिक्षा-प्रणाली को इस तरह गठित किया जाए कि उसका सीधा संबंध देश की समस्याओं से जुड़ सके। यह व्यवस्था भी हो कि न्यूनतम शिक्षा सभी को मिल सके। इस तरह, अज्ञान और निरक्षरता का समूल नाश किया जा सके। शिक्षा की पद्धति में ऐसा परिवर्तन हो, जिससे विद्यार्थी की बुद्धि का विकास हो और वह किसी भी प्रश्न के ऊपर विचार कर सके, इस प्रकार की शक्ति उसमें पैदा हो। यदि शिक्षा से इस प्रकार की शिक्षा पैदा न हुई तो वह बेकार शिक्षा है।

शोषण—भारत के अधिकांश राज्यों के अधिकतर गाँवों में छोटे तथा मँझले भूमिपतियों, भूमिहीनों, पिछड़े वर्गों और हरिजनों का ही बहुमत है, फिर भी उनकी स्थिति दयनीय है। हरिजनों को आज भी जिंदा जला दिया जाता है।

हरिजनों के अलावा आदिवासी ही पिछड़ा हुआ वर्ग है। इन आदिवासियों को वे महाजन, जिनमें बहुत सारे भूमिवान और दुकानदार शामिल हैं तथा जो अपने आपमें संभवत: छोटे ही होते हैं, निर्दयता से ठगते हैं और उनका शोषण करते हैं। आज की सारी परिस्थिति को देखकर मैं इस नतीजे पर पहुँचा हूँ कि जो पिछड़े हुए लोग हैं, जो शोषित और दलित लोग हैं, उन्हें अलग संगठित करना होगा।

श्रमिकों का महत्त्व—प्रबंध-कार्य में श्रमिकों की भागीदारी का प्रयोग तो किया जा सकता है, परंतु जब तक श्रमिक संगठन अपने प्रतिनिधियों को समुचित रूप से प्रशिक्षित नहीं करते, तब तक वास्तविक प्रबंध के क्षेत्र में श्रमिक लोग कारगर नहीं हो सकते।

संविधान का निर्माण—संविधान बनाने का काम हमने मुख्य रूप से देश के सर्वोच्च विधि-वेत्ताओं के सिर पर डाल दिया था। उनमें से बहुतेरों ने शायद ही कभी स्वतंत्रता आंदोलन में भाग लिया था। शायद यह सोचा गया कि संविधान बनाने का काम कानून के निष्णातों का है। यूँ देखा जाए तो हर महान् क्रांति के बाद नया संविधान क्रांतिकारियों ने स्वयं बनाया है। कानून के निष्णात लोग तो मात्र उसे योग्य परिभाषा देने में मदद करते रहे हैं, लेकिन हमारे यहाँ तो संविधान बनाने में मुख्य हाथ इन कानून-निष्णातों का ही रहा है। परिणाम यह हुआ कि स्वाधीनता आंदोलन के दरम्यान हमने जिन भावनाओं और आदर्शों की कल्पना की थी, संविधान को उनकी हवा तक का स्पर्श नहीं हुआ।

संविधान की गुदड़ी—स्वराज्य के बाद हमारे देश की गाड़ी विपरीत दिशा में कैसे मुड़ गई, इसके कारण तलाशने की आवश्यकता है। गांधीजी चाहते थे कि भारतीय राज्य की इमारत ग्राम-स्वराज्य की बुनियाद पर खड़ी की जाए, पर स्वतंत्र भारत का संविधान बनाते समय हमने कहीं अमेरिका की नकल की, कहीं इंग्लैंड के अंश ज्यों-के-त्यों ले लिये और कहीं दूसरे देशों की कल्पना के चीथड़े जोड़कर आज के अपने संविधान की गुदड़ी तैयार कर ली।

सत्ता का मोह—यह सामान्यत: देखा जाता है कि जो लोग सत्ता में हैं, वे उसे छोड़ना नहीं चाहते हैं। अभी राज्य स्तर पर सत्ता की जो रचना है, उसके दो भागीदार हैं—मंत्री और उनके समर्थक तथा उच्च स्तरीय नौकरशाही। ये दोनों उस सामान्य दुर्बलता का शिकार हो सकते हैं और शब्दों में सत्ता का समर्पण करते हुए व्यवहार में उसे रोककर रख सकते हैं।

सत्ता-वितरण—यदि सत्ता का वितरण ऐसा होता है कि जिसमें केंद्र के पास उतने ही अधिकार रहते हैं, जितने उसके केंद्रीय कृत्यों के निर्वहन के लिए आवश्यक हैं और शेष सारी सत्ता का प्रयोग शासन के निचले अवयवों के द्वारा होता है तो इसका अर्थ यह नहीं कि केंद्र कमजोर है। यह प्रश्न क्षमता से संबंध रखता है। प्रत्येक स्तर पर निर्वाचित सत्ता जितना कुछ करने की क्षमता रखती है, वह करती ही है। फिर जब प्रत्येक स्तर पर संबंधित सत्ता यह महसूस करती है कि काम बहुत हैं और वे सब करना उनकी क्षमता के बाहर है तो वह उस स्तर की अन्य सत्ताओं के साथ संघ बनाकर एक उच्चतर सत्ता का निर्माण करती है।

सत्य की खोज—हम चारों ओर से भले ही सबकुछ लें। सामाजिक विज्ञान, भौतिक विज्ञान आदि सभी में से कुछ अच्छा हो, वह जरूर ग्रहण करें। ज्ञान की कभी उपेक्षा न करें और सत्य की खोज में कभी पीछे न हटें। जो कुछ भी लें, उसका अपनी परिस्थिति तथा अपने वातावरण के साथ तालमेल बैठाने की कोशिश करें। वह किसी विदेशी तत्त्व के रूप में नहीं रहना चाहिए, बल्कि हमारे स्वाभाविक विकास का एक अंगरूप बन जाना चाहिए। उसकी बुनियादें भारतभूमि में, भारत के इतिहास में, भारतीय संस्कृति में और भारत की आत्मा में होनी चाहिए।

समस्याएँ—आज पूँजीवाद, समाजवाद, साम्यवाद, प्राइवेट सेक्टर और पब्लिक सेक्टर में उठनेवाली समस्याओं का कोई ठोस हल नहीं निकल पाया है। इन समस्याओं के हल के प्रयास में कायदे-कानून बनाते हैं। जहाँ अधिनायकवाद है, वहाँ डराने-धमकाने के तरीके अपनाए जाते हैं, लेकिन इसके बावजूद, लोगों के हृदय का स्पर्श नहीं किया जाता, समस्याएँ सुलझती नहीं हैं। गाँवों में जमीन की समस्या है, मजदूरी की समस्या है, जात-पाँत, ऊँच-नीच और अस्पृश्यता आदि की समस्याएँ हैं। इन समस्याओं के बीच सबसे अधिक मूलभूत समस्या गरीबी की है, बेकारी की है और अशिक्षा की है। इन समस्याओं का एक हल है कि पूरे समाज का ढाँचा बदला जाए।

समुदाय—भारत के वर्तमान गाँवों को वास्तविक समुदाय नहीं कह सकते। पहले वे समुदाय अवश्य थे, लेकिन आज वे केवल प्रादेशिक उपनिवेश हैं। इसका कारण यह है कि इन गाँवों का आज का जीवन सामुदायिक नहीं, वैयक्तिक है, सावयिक नहीं, निरवयविक है। समुदाय के सभी सदस्य सामुदायिक

हित के मामले में समझदारी और सहयोग के भाव से काम करते हैं। समुदाय एक प्रकार की सहकारी संस्था है, लेकिन इसमें और साधारण सहकारी संस्था में बड़ा भारी अंतर यह है कि जहाँ समुदाय में सहकारिता के अंतर्गत संपूर्ण जीवन आता है, वहाँ साधारण सहकारी संस्थाओं का कार्य केवल आर्थिक क्षेत्र तक सीमित रहता है। दूसरी बात यह कि समुदाय के सभी सदस्य इसके अंतर्गत आ जाते हैं, जबकि साधारण सहकारी संस्थाओं का ध्यान अपने हिस्सेदारों तक ही रह जाता है। समुदाय के सभी अच्छे-बुरे दिनों का समान रूप से सभी निवासियों पर असर पड़ता है। अपने आंतरिक मामलों में समुदाय को पूरा नियंत्रण और अधिकार प्राप्त होता है। मत विभाजन समुदाय के लिए विष है। समुदाय के लिए मानव का समग्र रूप ग्राह्य है, इसलिए उसके सर्वांगीण विकास के प्रति समुदाय की दिलचस्पी रहती है। इसी कारण समुदाय का जीवन संतुलित होता है, एकांगी नहीं। समुदाय परिवार का विस्तृत रूप है। परिवार की ही भाँति यह जीवन के शाश्वत प्रवाह का प्रतिनिधि है। जिस प्रकार परिवार जीवित सदस्यों की हित कामना से ही प्रेरित न होकर आनेवाली संतानों के बारे में भी सोचता है, उसी प्रकार समुदाय भी भावी पीढ़ियों के कल्याण की बात सोचता है।

सर्वोदय आंदोलन—सर्वोदय आंदोलन द्वारा प्रस्तुत हर व्यावहारिक सुझाव के पीछे संपूर्ण समुदाय के हित-साधन की प्रेरणा रही है, चाहे वह ग्राम पंचायतों के निर्विरोध चुनाव के संबंध में हो, भूमि के सामुदायिक स्वामित्व, अर्थात् ग्रामदान के विषय में हो अथवा श्रमिकों से काम लेनेवाले आर्थिक उद्योगों का सरकार के आधार पर स्वामित्व एवं प्रबंध करने का सुझाव हो।

सामाजिक अखंडता—वर्तमान सभ्यता की सबसे बड़ी समस्या है—सामाजिक अखंडता। आज का मनुष्य एकाकी है, उसकी नकेल दूसरों के हाथों में है। वह एक प्रकार का 'संस्था मानव' है। ऐसा मानव है, जो अपनी बुद्धि, विवेक और नियंत्रण के परे दूसरी शक्तियों द्वारा चलाया जाता है। यह स्थिति सर्वत्र है, चाहे वह लोकतंत्र हो या अधिनायक तंत्र। अत: आवश्यकता इस बात की है कि मनुष्य को मनुष्य के संपर्क में रखा जाए, जिसमें सभी मनुष्य सार्थक और सहानुभूतिपूर्ण तथा संयमित जीवन व्यतीत कर सकें। संक्षेप में हम कह सकते हैं कि हमारे सामने समस्या मानव-समाज के पुनर्निर्माण की है, जिसमें वह सामुदायिक जीवन बिता सके।

सामुदायिक जीवन—भारत के लिए यह संयोग की बात है कि यहाँ समाज के विखंडीकरण की प्रक्रिया बहुत आगे नहीं बढ़ पाई है और आज भी देश की 80 प्रतिशत जनता के आश्रयदाता हमारे 6 लाख गाँवों में कम-से-कम मूर्त रूप से वह स्थिति विद्यमान है कि हम सामुदायिक जीवन का सरलतया निर्माण कर सकें। सामुदायिक जीवन में कृषि, उद्योग, पूँजी, श्रम, कौशल और बुद्धि के बीच संघर्ष की कभी कोई स्थिति नहीं आती, बल्कि सारे समुदाय की दृष्टि से इनका समन्वय किया जाता है।

सुधारवादी आंदोलन—जब तक मनुष्य की प्रकृति में सुधार नहीं होता, तब तक आर्थिक सुधारों से अच्छा समाज नहीं बन सकता। पिछले दो हजार वर्षों के बीच सुधार के जो भी आंदोलन चले, उन सबने जीवन का एक ही पक्ष लिया और दूसरे की उपेक्षा कर दी। इसके लिए उनकी योजनाएँ क्रांतिकारी होते हुए भी

आंदोलन को सफलता प्रदान न कर सकीं।

स्वतंत्रता का दुरुपयोग—जब स्वतंत्रता की स्थिति होती है तो उसका दुरुपयोग होने लगता है, जिससे राज्य का हस्तक्षेप अनिवार्य हो जाता है और जब राज्य का हस्तक्षेप होने लगता है तो स्वतंत्रता पर आँच आती है। यदि मनुष्य सामाजिक उत्तरदायित्व का निर्वाह करने के लिए तैयार नहीं होता, यदि वह स्वतंत्रता का दुरुपयोग कर केवल स्वहित साधन में तत्पर रहता है तथा दूसरों के हितों की उपेक्षा करता है या उन्हें हानि पहुँचाता है तो उसकी इस काररवाई में राज्य का हस्तक्षेप अनिवार्य है।

स्वतंत्रता की रक्षा—स्वतंत्रता की रक्षा का बुनियादी दायित्व एक ऐसे समाज की ओर बढ़ने का काम है, जो अपने सबसे दुर्बल सदस्यों की बेहतरी के लिए प्रतिबद्ध हो। यह सरकार का काम नहीं है, बल्कि यह जनता का काम है। मुझे भय है कि लोग, विशेषकर मध्यम वर्ग के लोग सरकार पर सबकुछ छोड़ने की अपनी पुरानी आदत की ओर लौट रहे हैं; स्वयं कुछ करने की बजाय बैठे-बैठे शिकायत करना कि सरकारें पूरा काम नहीं कर रही हैं। यह उदासीनता जब तक हम नहीं छोड़ते, जब तक लोग प्रतिदिन उन मसलों में सक्रिय भाग नहीं लेते, जो उन्हें उनके छोटे सवालों से आगे ले जाते हों, तब तक स्वतंत्रता सुरक्षित नहीं रहेगी।

स्वतंत्रता—स्वतंत्रता मेरे जीवन की वासना हो गई है और हरगिज मैं उसका सौदा रोटी के लिए, सत्ता के लिए, सुरक्षा के लिए, समृद्धि के लिए, राज्य गौरव के लिए या अन्य किसी भी वस्तु के लिए नहीं करूँगा। स्वतंत्रता की लड़ाई कोई ऐसी लड़ाई नहीं कि जब बड़े प्रश्नों के अस्तित्व का सवाल हो, जैसे एक लोकतंत्र में हमारे जीने के अधिकार की पुनर्प्राप्ति, तब तक उसे गुप्त रखा जाए। किसी मकान को धराशायी हो जाने से रोकने का समय तब नहीं होता है, तक उसका अधिकांश भाग भूमिसात हो चुका हो और उसकी छत एक खंभे पर काँप रही हो। उसे बचाने का समय तो तभी होता है, जब कोई उसके किसी हिस्से को नुकसान पहुँचा रहा हो।

स्वशासन का उपभोग—लोगों को यह समझना चाहिए कि अगर वे स्वशासन का उपभोग करना चाहते हैं तो शर्त यह है कि वे सामूहिक हित के लिए मिल-जुलकर काम करने के लिए तैयार रहें, इसलिए नहीं कि कोई

अधिनायक उन पर अपनी इच्छा लादना चाहता है, बल्कि इसलिए कि यह आवश्यक है, जिसके आधार पर ही वे स्वशासन कर सकते हैं।

स्वाधीनता का अर्थ—स्वाधीनता मेरे लिए कई अर्थ रखती है, लेकिन सबसे अधिक मेरे लिए यह आत्मा की स्वाधीनता का अर्थ रखती है। विचारों की स्वाधीनता का और तब कहीं जाकर कर्म की स्वाधीनता का। जहाँ आत्मा स्वाधीन है, चिंतन स्वतंत्र है तो वहाँ मनुष्य स्वतंत्रता की ऐसी परिस्थितियाँ पैदा कर सकता है, जिसमें वह अपने जीवन का हेतु पूरा कर सके।

□□□